소중한 ____________________ 에게

____________________ 가(이) 선물합니다.

____

베니스의 상인

셰익스피어 지음

1564년 영국의 전형적인 소읍의 중산층 가정에서 태어났습니다. 14세 때, 가정 형편이 어려워져
대학 진학을 포기해야 했지만, 그의 문학적인 천재성은 무뎌지지 않았습니다. 1590년에서 1613년 사이에
모두 37편의 작품을 발표하며 활발한 활동을 했습니다. 「말괄량이 길들이기」 「베니스의 상인」 등의
희극과 「햄릿」 「맥베스」 등의 비극을 포함한 37편의 희곡과 여러 권의 시집을 냈습니다.
영국이 낳은 세계 최고의 극작가로 오늘날까지 극찬받고 있습니다.

신현득 엮음

1959년 조선일보 신춘문예 동시부에 입선하며 등단했습니다. 초등학교 교사를 거쳐
어린이신문 '소년한국'의 편집국 취재부장을 지냈으며, 대학에서 20여 년간 〈아동문학론〉을
강의했습니다. 동시 「엄마라는 나무」(1971년)로 세종아동문학상을, 시집 「속 좁은 놈 버릇 때리기」로
한국자유문학상(2015년)을 수상했습니다. 그동안 지은 책으로 「아기 눈」 「고구려의 아이」
「구름 마을 구름 학교」 등 다수의 동시집과 동화집이 있습니다.

2025년　11월　5일　2판 19쇄 **펴냄**
2011년　8월 25일　2판 1쇄 **펴냄**
2006년　6월　1일　4판 1쇄 **펴냄**

펴낸곳 (주)효리원
펴낸이 윤종근
엮은이 신현득 · **그린이** 박요한
등록 1990년 12월 20일 · **번호** 2-1108
우편 번호 03147
주소 서울시 종로구 삼일대로 457, 406호
전화 02)3675-5222 · **팩스** 02)765-5222

ⓒ2006 · 2011, (주)효리원

잘못 만들어진 책은 구입하신 서점에서 바꾸어 드립니다.
ISBN 978-89-281-0140-5　64840

이메일 hyoreewon@hyoreewon.com
홈페이지 www.hyoreewon.com

베니스의 상인

셰익스피어 지음
신현득 엮음 / 박요한 그림

『베니스의 상인』은 영국 최고의 극작가이며, 세계적 문호 윌리엄 셰익스피어(1564~1616년)가 쓴 희곡입니다.

이 작품은 베니스의 상인 안토니오가, 가난한 친구 바사니오의 보증을 서고 고리대금업자인 샤일록에게 3,000다카트의 돈을 꾸는 데서 시작됩니다.

샤일록은 돈을 꾸어 주며 차용 증서에, 돈 갚는 기한을 어기면 보증인의 가슴살 1파운드를 베어 낸다는 조건을 내세웁니다. 바사니오는 그렇게 빌린 돈으로, 벨몬트에 사는 포샤 아가씨를 만나 결혼식을 치릅니다.

안토니오가 보증을 선 것은 외국에 나가 있는 자기의 상선(장사를 하러 다니는 배) 네 척이 돌아오면 돈을 마련해 친구의 빚을 갚을 수 있으리라고 생각했기 때문입니다. 그러나 불행히도 상선은 조난을 당했다는 소식이 들려오지요.

돈 갚을 기한이 지나자, 샤일록은 법정에 고소하여 안토니오의 살 1파운드를 베어 내는 것 말고는 어떤 조건도 들어줄 수 없다고 고집을 부립니다. 안토니오와 감정이 좋지 않았던 까닭이었지요. 그러나 판사로 변장한 포샤가 살 1파운드를 베되, 피는 한 방울도 흘리게 해서는 안 된다고 판결하여 안토니오를 구해 냅니다.

　이 이야기에서 어린이 여러분은 안토니오와 바사니오, 그 밖의 친구들 사이에 오가는 우정의 소중함을 배우게 될 뿐 아니라, 판사로 변장한 포샤의 통쾌한 판결에서 슬기를 깨우치게 될 것입니다.

　18세기 초 영국의 메리 램(1764~1847년)과 찰스 램(1775~1834년) 남매가, 셰익스피어의 희곡 20편을 짧은 어린이 소설로 고쳐 써서 한 권의 책으로 엮었습니다. 1807년에 펴낸 『셰익스피어 이야기』가 그것으로, 원작의 지나친 표현을 다소 부드럽게 다듬어 어린이들이 읽기 좋게 손질하여 내놓은 것입니다. 본래 희곡에는 유대인과 유대교를 혐오하고 특정 종교를 옹호하는 표현이 적지 않기 때문이랍니다.

　효리원에서 새롭게 펴내는 이 책은 셰익스피어의 원작 희곡을 우리나라 어린이들을 위해 새롭게 엮은 것입니다. 그러나 원작 희곡의 길이가 짧은 까닭에, 대사로 미루어 있었음직한 내용을 더 곁들여 꾸몄고, 특정 종족과 종교를 혐오하는 내용을 다듬었습니다.

　이 책을 통해 어린이 여러분들이 안토니오와 같이 친구를 도와주는 사람, 포샤처럼 슬기로운 사람으로 자라나기를 소망합니다.

엮은이 신현득

안토니오와 샤일록

이탈리아의 항구 도시 베니스에 안토니오라는 상인이 살고 있었다. 그는 보기 드물게 친절하고 마음씨 고운 젊은이였다. 무역업을 크게 하는 안토니오는 뱃사람을 시켜 여러 척의 큰 배에 값진 상품을 실어 이웃 나라로 보내고, 그곳에서 나는 상품을 사들여서 팔았다.

동정심이 많은 그는 어려운 사람을 도와주고, 꾸어 준 돈에 대한 이자를 받지 않았다. 남에게 도움 되는 일이라면 어떤 수고도 아끼지 않았기 때문에 베니스 사람들은 안토니오를 존경하고 있었다.

물의 도시답게 베니스의 항구에는 상선이 가득하고, 파도 너

머 수평선으로 먼 나라를 드나드는 배가 오고 갔다.

안토니오는 네 척의 배를 차례로 출항시켰다. 목적지는 지중해 동쪽 항구 도시인 트리폴리, 영국, 멕시코, 그리고 인도 등이었다. 배들은 상품을 가득 싣고 떠났다.

"배가 돌아올 때까지는 빈털터리 신세로군."

안토니오는 마지막 배를 출항시키면서 이렇게 중얼거렸다.

네 척의 배에 상품을 가득 실어 보내면서 있는 돈을 다 써 버린 때문이다.

"그러나 네 척의 배가 돌아오면, 남는 돈으로 배 한 척을 더 장만할 수 있을 거야."

안토니오는 커다란 돛을 달고 바다를 건너간 자신의 상선들이 베니스 항으로 돌아와 닻을 내리는 날만을 기다리고 있었다.

이곳 베니스에는 샤일록이라는 악명 높은 고리대금업자가 살았다. 그는 돈에 인색하고, 인정머리 없는 수전노였다.

샤일록은 보통 때에도 터무니없이 비싼 이자로 돈을 꾸어 주지만, 사정이 급한 사람에게는 이자를 더 받았다.

그에게 빌린 돈은, 얼마 되지 않아 눈덩이처럼 불어났다. 샤일록은 이렇게 불어난 돈을 악랄한 방법으로 받아 냈다. 그러기 위해서 기한을 어겼을 때에는 값진 것을 빼앗을 수 있도록 차용

증서에 유리한 단서를 반드시 써 넣곤 했다.

그 때문에 그에게 잘못 돈을 빌려 썼다가 알거지가 된 사람이 수두룩했고, 빚을 갚지 못해 자살을 하는 사람까지 있었다.

"고리대금업자 수전노가 나타났어!"

"저 사람한테 걸려서 망한 사람이 수없이 많다더군!"

"생김새를 좀 보게나. 송곳으로 찔러도 피 한 방울 나오지 않을 것 같지 않나?"

샤일록이 거리에 나타나면 베니스 사람들은 그를 손가락질하며 이런 말들을 했다.

모든 사람에게 친절한 안토니오도 샤일록만은 아주 싫어했다.

"돈밖에 모르는 살인마, 이 미친개야!"

이것은 안토니오가 샤일록에게 침을 뱉으며 퍼붓는 최고의 악담이었다.

그러나 샤일록은 이 소리를 듣고도 참았다. 그러면서 속으로는 벼르고 있었다.

'오냐, 언젠가는 네놈이 나한테 혼쭐날 때가 있을 거다. 모르기는 해도 그날이 오면 나한테 싹싹 빌어야 될걸? 그때 가서는 결코 용서하지 않을 테다.'

샤일록이 가장 싫어하는 사람은 바로 안토니오였다. 마주치기만 하면 악담을 퍼부으며 침을 뱉을 뿐 아니라, 사람들에게 이자를 받지 않고 돈을 빌려 주는 까닭에 자신의 돈놀이에 걸림돌이 되기 때문이었다.

그런 어느 날이었다. 샤일록은 돈 갚을 기한을 하루 어긴 사람에게 갑절의 돈을 요구하였다. 때마침 안토니오가 그 모습을 보고는, 돈을 꾸어 간 사람을 대신하여 따졌다.

"하루 늦었다고 해서 빌려 준 돈의 두 배를 받는다고? 그러고도 당신이 도둑이 아니라고 할 수 있어?"

샤일록은 할 수 없이, 더 받으려고 했던 돈을 받지 못하게 되었다.

어떤 때는 빚을 갚을 수 없는 사람을 대신해서 안토니오가 갚아 주기도 했다. 안토니오의 이런 선심이 샤일록을 괴롭혔다.

"저, 쳐죽일 놈이 남의 돈 장사를 방해하네. 벼락은 뭘 하나, 저런 놈에게 떨어지지 않고!"

샤일록은 안토니오에게 저주를 퍼부었다.

끔찍한 차용 증서

안토니오에게는 친구가 많았다. 또래로는 솔레이니오, 살레리오, 그라시아노, 바사니오 등이 있었다.

하루는 바사니오가 안토니오의 집으로 찾아왔다. 바사니오는 몰락한 귀족 집안의 청년이었다. 훤칠한 몸매의 그는 귀족다운 멋과 지식, 그리고 말솜씨를 지니고 있었다. 이전에는 군인이었고, 지금은 학자로 불리었다. 그런데 그에게는 돈이 없었다.

"어째, 자네 얼굴이 그리 밝지 않네그려!"

안토니오가 바사니오를 맞으면서 물었다.

"가난한 귀족이어서 그러네."

바사니오의 대답에는 힘이 없었다.

“보아하니 돈 쓸 일이 생긴 게로군. 많은 돈인가?”

그러자 바사니오가 요즘의 어려운 사정을 털어놓았다.

“벨몬트에 사는 포샤라는 아가씨 때문일세.”

“포샤라면『플루타르크 영웅전』에 나오는 이름이군. 카토의 딸이며 브루투스의 아내인 포샤 부인이 빼어난 미인이었다고 쓰여 있지.”

“벨몬트의 포샤도 그 정도의 미인이라네. ‘아름다움보다 더 아름다운 여인’이라고 할까? 게다가 아주 총명한 사람이지. 최근 세상을 떠난 아버지로부터 많은 재산을 물려받기까지 했다네.”

“그 말은 전에도 했네. 어쨌건 자네 지금 그 전설 같은 아가씨에게 청혼을 하려는 건가?”

“사실은 그렇다네. 그런데 사정이 여의치 않아서 말이야.”

바사니오는 벨몬트에 산다는 포샤라는 아가씨 이야기를 늘어놓았다. 너무도 뛰어난 여성이기 때문에 거의 날마다 청혼자가 몰려드는 형편인데, 바사니오 자신도 청혼을 하러 가고 싶다는 것이었다.

“돈 많은 상인, 지방의 영주, 작은 나라의 왕까지 와서 청혼을 한다네. 포샤의 아버지가 살아 계셨을 때 몇 번 그 집에 가 본 일이 있었지. 아가씨를 비롯해 가족들도 대체로 나에게 호감을 갖는 듯했어.”

그러면서 청혼을 하러 가고 싶지만 귀족 옷차림이며 몸치장과 예물 값으로 엄청난 돈이 든다는 것이었다.

“내가 안토니오 자네한테 진 빚도 많은 터에, 염치 없네만 그 돈을 좀 마련해 줄 수 있겠나? 3,000다카트는 있어야 할 텐데 말이야.”

바사니오의 부탁을 들은 안토니오는 난처한 표정을 지었다. 네 척의 상선에 물건을 실어 보낸 터라, 현재 자신은 빈털터리나 다름없었기 때문이었다.

“안됐군. 상선을 띄워 보내기 전에 이 일을 알았더라면 좋았을 텐데……. 그러나 한 달 뒤면 내 첫 번째 상선이 돌아올 테니 그 돈을 마련해 보세. 그때 갚기로 하고 우선 돈을 빌려 보자고. 내가 갚기로 하고 보증을 설 테니.”

두 사람은 돈 빌릴 궁리를 해 보았다. 그러나 3,000다카트는 상당히 큰돈이어서 고리대금업자인 샤일록밖에는 이야기해 볼 만한 곳이 없었다. 수전노에게 돈을 빌린다는 것은 꺼림칙한 일이었지만 도리가 없었다.

바사니오는 샤일록의 집으로 달려갔다.

샤일록은 마침 거두어들인 돈을 세다가 바사니오를 맞았다.

바사니오가 들어서자 샤일록은 몹시 놀라는 눈치였다.

"무슨 일인가요?"

"돈을 좀 빌리러 왔습니다."

바사니오가 쫓기는 듯이 말하자 수전노 샤일록의 태도는 금방 달라졌다.

"바사니오 씨가 어째 나한테 돈을 빌리려 하지요? 나는 바사니오 씨의 형편을 잘 알고 있소. 귀족인가 뭔가 하는 티를 내느라 흥청망청 돈을 쓰다가 살림을 말아먹고 빈손이 되지 않았던가요? 거기에다 빚까지 지고 있다는 것도 알고 있소. 무얼 믿고 당신에게 돈을 꾸어 주지요? 갚을 돈도 마련하지 못할 주제에 돈을 빌려요?"

"쓸 데가 있어서 그래요. 석 달만 빌려 주세요. 필요한 돈은 3,000다카트입니다."

바사니오의 말에 고리대금업자 샤일록은 입이 딱 벌어지고 말았다.

"뭐, 3,000다카트? 그만한 돈이라면 내가 지금 가진 것으로는 턱도 없어요. 내 친구 튜발의 도움을 받아야 되지요. 그런데 무엇으로 보증을 하지요?"

"내 친구 안토니오가 보증을 설 겁니다. 내가 못 갚으면 그 친

구가 대신 갚을 것입니다.”

샤일록은 안토니오라는 말에 귀가 번쩍 뜨였다.

‘안토니오? 고리대금업을 한다고 나에게 침을 뱉고 욕을 하던 안토니오? 그놈이 보증을 선다고? 그렇다면 이 돈은 빌려 줘야겠구나.’

샤일록으로 봐서는 좋은 기회가 제 발로 찾아온 셈이었다. 그는 이 기회에 여태까지 당한 모욕을 갚아야겠다는 생각까지 하게 되었다.

그러나 샤일록은 쉽게 돈을 내어놓는 것처럼 보여서는 안 된다는 것을 알고 있었다. 급하게 돈을 쓰려는 사람일수록 속을 태우게 해야 하는 것이다. 수전노는 이맛살을 찌푸린 채 계속 고개만 갸웃거렸다.

“어떻게 하시렵니까? 돈은 되는 거지요?”

답답해진 바사니오가 물었다.

샤일록은 바사니오의 눈치를 흘끔흘끔 보며 입을 떼었다.

“3,000다카트, 3개월, 안토니오 씨 보증이란 말이지요?”

“그렇습니다.”

“안토니오 씨라면 믿을 만한 사람이지요. 믿을 만하다는 것은 지불 능력이 있다는 말이지요. 그의 상선 한 척은 트리폴리로 향했고, 한 척은 인도 제국으로 보냈다지요? 그리고 상업 거래소에서 들은 이야기인데, 또 한 척의 배가 멕시코에서, 다른 한 척은 영국에서 지금 돌아오는 중이라고 합니다. 그만하면 지불 능력이 있다고 할 수 있지요. 그러나 그런 돈은 확실성이 없어요. 배라는 것은 아무리 크고 튼튼해도 한 장의 널빤지에 불과하거든요. 육지에는 산적이 있고, 바다에는 해적이 있지 않은가요? 거기다가 파도와 폭풍과 암초가 있어요. 그러고 보면 안토니오 씨의 재산이란 확실한 게 못 되지요."

이것은 샤일록이 이 기회에 안토니오를 한껏 깎아 내려 보려는 수작이었다.

이 말에 몸이 단 바사니오는 의자를 끌어당기며 샤일록 앞으로 바짝 다가앉았다.

그러자 수완에 능한 고리대금업자는 몇 마디 말을 이어 갔다.

"그렇긴 하지만 안토니오 씨는 신용이 있는 사람이지요. 많은 돈이지만 지불은 할 수 있을 겁니다. 음……. 3,000다카트라고 했지요? 그럼 보증서를 받기로 합시다."

"예, 예, 그렇게 하겠습니다. 그럼 안토니오를 만나도록 할까요? 같이 식사라도 하시겠습니까?"

바사니오는 급하게 서둘렀다.

샤일록은 천천히 말을 둘러댔다.

"아니, 아니, 점심이나 저녁을 같이할 수는 없지요. 우리 유대교에서는 돼지고기를 먹지 않거든요. 남들과 식사를 하면, 하는 수 없이 먹어야 하는 경우가 생길 수도 있으니까요."

샤일록은 유대인이며 유대교 신자였다.

이렇게 두 사람이 이야기를 나누고 있을 때, 마침 안토니오가 샤일록의 집으로 들어서고 있었다.

샤일록은 걸어 들어오는 안토니오를 보면서 생각했다.

'저놈은 저만 잘난 체하는 놈이야. 사람들의 환심을 사기 위해 이자 없이 돈을 꾸어 주는 바람에 베니스에 사는 우리 고리대금업자들의 이자를 내리게 했단 말이야. 이제 제 손에 돈이 없어서 친구의 빚보증을 서려고 내 집에 들어오는군. 좋아, 오랫동안 골수에 사무친 원한을 시원스럽게 풀어야지. 저놈이 많은 상인들이 보는 앞에서 나를 욕하고 내가 정당하게 벌어들이는 이윤을 못마땅하게 여겼겠다. 도저히 용서할 수 없어!'

샤일록은 속마음과 달리 반갑게 안토니오를 맞았다.

"어서 오시오, 안토니오 씨. 거기 앉으시지요."

그리고는 하녀에게 차 한 잔을 내오게 한 다음 입을 열었다.

"바사니오 씨가 거액을 꾸러 왔기에 내 손에 있는 현금을 따져 보았지요. 허나, 아무리 생각해 보아도 3,000다카트를 만들기는 힘들겠어요. 하지만 염려는 마시오. 내 친구 튜발 씨에게 이야기하면 될 테니까요. 안토니오 씨의 행운을 빕니다. 지금 우리는 안토니오 씨의 훌륭한 점을 이야기하던 참이었소. 참, 이 돈을 3개월 동안 쓰겠다고 했지요? 안토니오 씨가 보증을 서기로 하고요, 그렇지요?"

안토니오가 나타나자 샤일록은 더욱 거만해지면서 그를 멸시하는 눈으로 바라보았다.

"나 역시 남에게 돈을 꾸어 주기도 하고 받기도 하였지만 이자를 붙여서 돈 거래를 해 본 적은 없소. 그러나 내 친구가 워낙 급한 처지이기 때문에 관례를 깨뜨려야겠소. 그래서 입에 올리기도 싫은 빚을 얻으러 온 것이오."

안토니오 역시 샤일록에게 굽히는 태도가 아니었다.

"오, 그래요? 미천한 내 집에까지 귀하신 몸이 몸소 찾아 주신 것을 감사드리오. 이 항구 도시 베니스에서 존경받는 대상인이 나를 찾아 주신 것에 대해서 감사드려야 하고말고요. 그러나 기분이 매우 껄끄러우시겠소, 에헴!"

샤일록은 입을 내밀고 눈을 한 번 굴리며 빈정댔다.

"긴 말은 하고 싶지 않소. 내 친구에게 그 돈을 빌려 주시오.

석 달 뒤에 갚겠소."

아쉬워 돈을 빌리러 온 사람의 태도가 조금도 수그러들지 않자, 샤일록은 큰기침을 한 번 하더니 지난 이야기를 꺼내었다.

"생각해 보시오. 지난날 상업 거래소에서 나에게 '개보다 못한 놈!'이라고 욕설을 퍼부은 일이 있지요? '미친개!'라고 한 일도 생각날 거요. 높은 이자를 받는다고 여러 번 나를 비난했소. 나는 그런 욕설을 들을 때마다 어깨를 움츠리며 참아 왔소. '돈밖에 모르는 살인마!'라면서 내 망토에 침을 뱉기까지 했소. 발로 걷어차기도 했지요. 내가 개라고 칩시다. 개에게 무슨 돈이 있소? 개가 돈 가진 거 봤소? 그처럼 개만도 못한 나에게 무엇 하러 돈을 빌리러 왔느냐 이거예요. 그것도 3,000다카트라는 거액을 말이오. 이제 와서 '샤일록 씨, 돈이 필요해요.' 하고 말이 나와요? 내 턱수염에 가래침을 뱉던 사람이!"

흥분을 감추지 못한 샤일록의 얼굴은 붉으락푸르락했다.

"나는 앞으로도 당신을 그렇게 부를 것이오. 침을 뱉고 발길질도 마다하지 않을 것이오. 오늘 나에게 돈을 빌려 준다면 친구로서가 아니라 원수와 거래한다고 생각하면 되는 것이오. 만약 내가 약속을 어기고 제날짜에 돈을 갚지 못했을 때, 떵떵 소리치면서 계약 위반에 대한 벌금을 청구할 수 있을 테니 말이오."

안토니오가 계속 당당하게 나오자 샤일록은 언제나 힘 있는 자에게 아양을 떨듯 히죽 웃으며 말을 바꾸기 시작했다.

"안토니오 선생. 무슨 말씀을 그리 하시오. 난 선생과 친하게 지내고 싶구려. 선생이 나에게 침을 뱉었거나, 걷어찼거나, 개라고 욕지거릴 했거나 그런 모욕은 벌써 잊었어요. 자, 원하는 대로 돈을 마련해 드리리다. 이자는 받지 않겠어요. 나도 당신처럼 사랑을 베풀지요."

수전노 샤일록의 입에서 나온 말은 틀림없이 이자를 받지 않겠다, 사랑을 베풀겠다는 말이었다.

'저 고리대금업자의 머리가 어찌 된 건 아닐까? 이자를 받지 않겠다니?'

바사니오는 들은 말에 의심이 나서 그에게 되물었다.

"샤일록 씨, 금방 이자를 받지 않겠다고 하셨습니까? 사랑을 베푼다 하셨어요?"

"그렇소. 이자는 한 푼도 받지 않겠어요. 사랑을 베풀지요. 이것은 어디까지나 옛 감정을 잊고 친하게 지내자는 뜻입니다."

샤일록의 속마음을 모르는 안토니오도 그만 그의 말에 놀라고 말았다. 그야말로 해가 서쪽에서 뜰 일이었다.

세 사람은 공증인 사무실에서 만나 차용 증서를 쓰기로 하였다. 샤일록은 큰 자루에 3,000다카트의 돈을 챙겨 오느라 늦게 도착했다.

샤일록이 입을 열었다.

"이 차용 증서는 어디까지나 형식일 뿐입니다. 내가 바사니오 씨에게 3,000다카트를 주는 것으로 쓰고, 보증인은 안토니오 씨입니다. 이자는 받지 않겠습니다. 그러나 석 달 뒤에는 반드시 보증인이 돈을 갚아야 해요, 안토니오 씨."

"그건 염려 마시오."

샤일록의 말에 안토니오는 자신 있게 대답했다.

"만약 돈을 갚지 못하면 어떻게 하지요? 물론 그런 일은 없겠지만요."

샤일록의 눈이 갑자기 먹이를 노리는 맹수의 그것처럼 불을 튕기면서 말했다.

"그럼요, 그렇게 될 리가 없지요. 그래도 단서 하나는 적어 놓읍시다. '제날짜에 돈을 갚지 못할 때는 보증인의 몸뚱이, 그것도 심장에 가까운 살을 1파운드 베어 낸다.' 이렇게요."

조건은 너무도 끔찍했다. 1파운드는 454그램 정도이다.

바사니오가 소리쳤다.

“돈은 내가 빌리는데, 왜 보증인의 살을 베어 낸단 말이오! 그건 안 돼요!”

“안 되다니요? 그런 일은 결코 벌어지지 않을 건데 무얼 그렇게 정색을 하시오!”

“그래도 안 돼요. 살을 꼭 베어 내야겠거든 내 가슴살을 도려 낸다고 적으시오.”

“그건 안 되지요. 당신을 보고 돈을 주는 게 아니니까요.”

“그런 조건이라면 나는 돈을 빌리지 않겠소!”

바사니오는 더 크게 소리쳤다.

안토니오가 그를 말렸다.

“바사니오, 염려하지 말게. 기한은 석 달이야. 한 달만 있으면, 먼저 출발한 배가 돌아온다네. 3,000다카트의 아홉 배나 되는 돈을 가지고 말일세.”

“아무리 돈이 급하다 해도 친구의 생명을 잡히면서까지 돈을 빌릴 수는 없네.”

그러자 안토니오가 한 번 더 바사니오를 달랬다.

“벨몬트에 있는 포샤 아가씨의 아름다움을 생각해 보게. 그건 포기할 수 없는 일 아닌가? 내 배가 모두 바다에 가라앉지만 않는다면 살을 베어 낼 염려는 없네.”

샤일록이 말을 거들었다.

"오해를 하시는 듯한데, 내 진심을 알아주셨으면 하오. 사실은 내가 안토니오 씨와 친하게 지내고 싶어서 아첨을 하는 거요. 생각해 보시오. 몸에서 베어 내자마자 썩을 살인데, 그걸로 무얼 하겠소? 쇠고기나 양고기보다 값어치가 없는 사람의 살 1파운드를 무엇에 쓰겠느냐 말이오. 정 마음이 내키지 않으면 돈 꾸는 일을 그만두시오."

돈을 빌려 주겠다던 샤일록이 슬며시 뒤로 젖히는 것이었다.

"아니오, 샤일록 씨. 이 친구가 괜한 걱정을 하는 거요. 그 조건으로 돈을 빌리겠소."

샤일록은 잔인한 눈초리로 주위를 둘러보면서 차용 증서 문안을 내놓았다.

"괜찮다니까 그러네. 내 상선이 곧 도착할 거네."

안토니오는 주저없이 차용 증서의 보증인 난에 서명을 했다.

바사니오가 서명을 주저하자 안토니오가 바사니오의 손을 끌어다가 억지로 서명을 하게 했다.

이를 증명하던 공증인도 서명을 하며 한마디 했다.

"아무리 그런 일이 없을 거라지만 단서가 너무 끔찍하군."

'이제 차용 증서까지 받아 놓았으니 제발 이대로만 이루어지

게 해 주소서!'

샤일록은 차용 증서를 받고 3,000다카트를 건넸다.

차용 증서

일금 삼천 다카트

위 금액을 바사니오가 샤일록에게 차용하고
보증인 안토니오가 차용일로부터 3개월 이내에 이자 없이
갚기로 함. 다만, 돈 갚는 날짜를 하루라도 어길 때는
보증인의 심장에서 가까운 살 1파운드를 베어 내기로 함.

○○○○년 ○월 ○일

채무자 : 바사니오

보증인 : 안토니오

위 사실을 공증함.

공증인 스트롬볼리

그의 예감으로는 안토니오의 상선이 모두 바다에 가라앉을 것만 같았다.

'제발, 제발, 그렇게만 되어 주소서.'

자루에 든 돈을 가지고 나오면서 바사니오가 말했다.

"아무튼 고맙네, 친구. 그런데 속이 시커먼 저놈이 이자를 받지 않겠다는 것이 이상하네. 무슨 꿍꿍이속이 있는 것만 같아."

"이 사람아, 그만 얼굴 좀 펴게. 염려할 거 조금도 없다니까. 그놈 말대로 우정을 베푸는 걸 거야."

"그럴까?"

바사니오는 그렇게 중얼거리며 고개를 갸웃거렸다. 그러나 한편으로, 아름다운 포샤를 생각하니 희망이 열리는 듯했다.

운명의 상자 고르기

벨몬트에 있는 포샤의 집에는 거의 날마다 청혼자들이 찾아왔다. 이탈리아는 물론 이웃 나라 귀족과 부호들까지 선물을 바리바리 들인 다음, 예쁘고 총명한 포샤 아가씨를 만났다.

이토록 많은 신랑감이 찾아들었지만 포샤는 자기 마음대로 결혼 상대자를 선택할 수 없었다. 아버지의 유언 때문이었다.

아버지는 혼기가 다 된 외동딸 포샤를 두고, 걱정이 이만저만이 아니었다.

'내가 남길 재산이 이 정도이고……. 포샤는 세상 어디에 내놓아도 빠지지 않을 신붓감이니, 훌륭한 반려자를 만나야 해. 훌륭한 신랑감이란 모름지기 슬기로울 뿐 아니라 의지도 강해야

하는데……. 아무래도 그런 사람을 만날 수 있도록 미리 대책을
마련해 놔야겠어.'

　세상을 떠나기 전, 아버지는 딸에게 세 개의 상자를 보여 주며
유언을 했다.

　"포샤야, 내가 시키는 대로 해야만 훌륭한 신랑을 만날 수 있
다는 걸 명심하렴. 보다시피 여기에는 각각 금으로 만든 상자,
은으로 만든 상자, 납으로 만든 상자가 있다. 이 세 개의 상자
가운데 단 하나에만 네 초상화를 넣어 두었다. 네 초상화가 든
상자를 고르는 사람이 바로 네 신랑감이란다."

　그러면서 포샤에게 청혼하고 상자를 고를 사람은 반드시 성당
에 가서 신에게 다음 세 가지를 지키겠다는 서약을 하게 해야 한
다고 일러 두었다.

　첫째, 상자 고르기에 대해서는 모두 비밀로 하여 남에게 이야기하지
않는다.
　둘째, 상자 고르기에 실패할 경우, 평생토록 다른 여자와 결혼하지
않는다.
　셋째, 상자 고르기에 실패한 사람은 그 즉시 벨몬트를 떠난다.

이것은 포샤에게 청혼하러 온 사람들에게는 매우 가혹한 조건이었다. 초상화가 든 상자를 고르지 못할 경우, 평생 결혼하지 않고 혼자 살아야 한다는 부담 때문이었다.

"포샤야! 이렇게 가혹한 조건을 달아 두어야만, 진실로 널 사랑하는 사람을 만날 수 있단다. 각각의 상자 위에는 네 초상화가 들어 있는 상자를 가려 낼 만한 실마리를 새겨 두었다. 충분히 슬기로운 청년만이 알아볼 수 있게 말이야. 이 많은 살림을 단속하고 너를 지킬 만큼 지혜로운 사람만이 네 초상화가 들어 있는 상자를 찾아 낼 수 있을 게다. 그러나 걱정 말아라. 성당에서 서약한 사람들은 신이 두려워 그 맹세를 꼭 지킬 테니까 말이다. 그렇다고 네가 처녀 귀신이 될 때까지 신랑감이 나타나지 않을 정도로 어려운 것은 아니란다. 두고 봐라. 상자 고르기로 해서 너는 좋은 사람을 만나 평생을 잘 지낼 수 있을 것이다. 명심하렴, 포샤!"

아버지는 외동딸 포샤를 어떻게 하면 행복하게 살게 해 줄까 궁리한 끝에 이처럼 세 개의 상자를 마련해 둔 것이었다.

그러나 애써 청혼을 하러 왔다가도 상자 고르기에 실패했을 때의 일이 두려워 그대로 돌아가는 사람이 많았다.

포샤와 결혼을 못 할 바에는 평생 독신으로 살겠다는 사나이

들은 정작 많지 않았던 것이다.

나폴리 왕이 왔다 갔고, 밸런타인 백작도 다녀갔다. 프랑스의 귀족 르봉, 영국의 펠컨브리지 남작, 스코틀랜드에서 온 귀족, 독일 삭소니 공작의 조카 등 권력과 지위는 물론 돈 많은 젊은이들이 수도 없이 왔지만 번번이 상자 고르기라는 가혹한 조건 앞에서 그냥 돌아서고 말았다.

"나는 원하는 사람을 선택할 수도 없고, 싫어하는 사람을 거절할 수도 없는 입장이구나. 정말 너무하셨어. 돌아가신 아버지가 그렇게 정해 두셨지만 아무래도 이 일은 답답하기만 하구나."

포샤가 시녀 네리샤를 보고 궁시렁거렸다.

"아가씨의 아버님은 유덕하신 분이셨습니다. 덕이 높은 분들은 돌아가실 무렵에 좋은 영감을 떠올린답니다. 부친께서 금·은·납 상자를 마련하신 뜻은 아가씨가 사랑하고 사랑받게 될 좋은 분을 틀림없이 고르도록 하기 위해서 하신 일일 겁니다."

시녀 네리샤가 포샤에게 위로의 눈길을 보내며 말했다.

"그러니까 아가씨는 아버님께 감사드려야 해요. 아가씨를 진정으로 사랑하는 사람만이 초상화가 든 상자를 고르게 될 테니까 말이에요."

"네 말이 맞아. 그러나 내가 도저히 좋아할 수 없는 사람이 그 상자를 고르면 어떡하지?"

"그럴 리가 있나요? 근데 여태까지 청혼을 하러 왔다가 간 귀공자 중에서 마음에 드는 총각이 있었나요?"

"한 사람도 없었지. 좋아, 한 사람씩 이름을 대면 그 사람에 대한 인상을 말해 줄게."

"첫 번째, 저로서는 나폴리의 왕이 좋아 보이던데요."

"나폴리의 왕? 에휴, 그이는 줄곧 자기 이야기만 늘어놓으며 자랑을 했어. 말에 대한 이야기가 가장 많았지. 그중에서도 자기가 직접 말발굽에 편자를 박을 수 있다는 걸 대단한 재간으로 여기더라."

"밸런타인 백작은 어땠어요?"

"그 사람은 얼굴을 잔뜩 찌푸리고만 있었어. 아무리 우스운 이야기를 들어도 웃지 않을 사람이야. 마치 자기를 선택하든지 말든지 마음대로 하라는 투였어. 정말 재미 없는 사람이었어. 나이가 들면 울보 철학자 같은 늙은이가 될 거야."

"프랑스의 귀족 르봉 씨는요?"

"이것저것 엄청 아는 체를 했지만 뛰어난 구석은 겨자씨만큼도 없었어. 험담을 하면 죄가 될 테지만 감정이 너무 풍부하다는 게 그 사람의 결점이야. 티티새 울음소리가 들리면 덩실덩실

춤을 추고, 자기 자신의 그림자를 잘못 오해하고는 놀라 칼싸움
을 벌일 정도로 변덕쟁이야. 아무리 그 사람이 나를 미칠 듯이
좋아한다 해도 내 마음은 움직이지 않을 거야."

네리샤는 포샤 아가씨의 인물평이 재미있어서 자꾸 물었다.

"영국에서 온, 젊은 펠컨브리지 남작은 미남에다 좋은 분 같던데요."

"그 사람은 내 말을 알아듣지 못하고, 나는 그의 말을 알아듣지 못했어. 나는 영어를 한 마디도 못 하고 그는 라틴어나 프랑스어를 못 하거든. 그러니까 그와 결혼한다면 평생토록 손짓 발짓으로 벌이는 무언극을 하며 살아야 할 거야. 그런데도 외모는 아주 미남이었지. 그의 옷차림은 괴짜였어. 이탈리아풍 윗도리는 이탈리아에서 사 입고, 가랑이 넓은 프랑스풍의 바지는 프랑스에서, 모자는 독일에서 독일풍의 것을 사서 썼더구나. 예절 또한 각처에서 사들인 모양이야. 아주 다양한 모습을 가진 사람이었어."

"그 다음으로 온, 스코틀랜드 젊은 귀족은 어땠습니까?"

"그는 이웃에 대한 박애 정신이 철철 넘치나 봐. 남에게 따귀 한 대를 맞더라도 참았다가 나중에 갚는대. 참을성도 많지 뭐야? 프랑스인의 보증을 서기도 했고, 외상 따귀는 자기가 나서서 맞아 준대. 박애 정신도 정도가 있지. 그렇게 되면 남의 놀림감이 되고, 바보가 되는 거야. 따귀만 맞고 다니는 그런 사람이 어떻게 마음에 들 수 있니? 보기만 해도 답답한 사람이었어."

"젊은 독일 사람은 어땠어요? 삭소니 공작의 조카라는 분 말이에요."

"성격 이상자 같아. 술을 마시지 않은 맑은 아침에도 주정을 부린대. 술에 취하면 성미가 더 고약해지지. 가장 좋을 때도 보통 사람만 못하고, 나쁘게 보일 때는 사람을 물어 대는 동물 같다고 해 . 그런 사람이 나와 결혼할 마음을 먹고 왔다니 정말 웃기지. 그 사람이 왔다 갔다는 것만으로도 나에게는 수치스러운 일이야."

네리샤는 그 밖의 몇 사람에 대해서도 물어보았는데, 포샤는 모두 마음에 들지 않았다고 말했다. 어떤 사람에 대해서는 생각하기도 싫다는 얼굴이었다.

"그래도 그 사람들 중 누군가가 초상화가 든 상자를 맞혔을 때는 결혼을 해야 하지 않겠어요?"

네리샤의 말에 포샤가 대답했다.

"그런데 참으로 다행이야. 아버지가 제시한 결혼 조건을 이야기하고 성당에 가서 서약을 해야 된다고 했더니 거의 모두가 꽁무니를 슬슬 빼며 달아나 버렸으니 말이야."

"실패하면 평생 혼자 살아야 한다니까 자신이 없었나 봐요?"

"어쨌든 그건 다행이야. 암, 다행이고말고."

그때 네리샤가 눈을 찡긋 하며 바사니오 이야기를 꺼냈다.

"아가씨가 그 많은 청혼자들이 돌아간 것을 그처럼 속 시원해

하시는 걸 보면 따로 마음에 둔 분이 있는 것 같아요. 베니스의
그분, 바사니오 씨 말이에요. 언젠가 뱃놀이하는 데서 만나셨던
가요? 그때 두 분이서 한참 동안이나 이야기를 나누셨잖아요.”

“그래, 아버지가 살아 계셨을 때 몽펠러 후작과 동행했던 학자
이자 군인이었던 그분!”

“네, 어리석은 제 눈에도 모든 남성 가운데서도 아가씨를 배필
로 맞으시기에 모자람이 없는 분으로 여겨지던데요.”

“나도 그분을 잊지 않고 있단다. 그런데 베니스로 간 뒤 소식
이 끊어졌으니…….”

포샤는 눈을 지그시 감은 채 후유, 한숨을 쉬었다.

포샤의 마음속에 바사니오가 자리잡고 있었던 것이다.

“아버지가 살아 계실 때였지. 바사니오 씨는 몽펠러 후작을 따
라왔어. 그분은 순식간에 내 마음속으로 들어왔어. 오랜 시간
뱃놀이를 하면서 이야기를 나눴지. 군인으로 싸움터에 나갔던
이야기가 재미있었어. 그분은 용기 있는 사나이였어. 그 뒤 학
자가 되었는데 모르는 게 없더구나. 이것을 물어봐도 척척, 저
것을 물어봐도 착착 대답하는 거야. 가난했지만 귀족 집안이래.
네리샤, 네가 바사니오 씨 얘기를 해서 내 꿈을 깨워 주었구나.”

“바사니오 씨와 결혼한다면 좋을 텐데요.”

“그러게 말이야. 그분은 나에게 맞는 남성이야. 그렇지만 지금은 소식이 없단다. 베니스 어디에선가 살고 있겠지. 그분이 찾아온다 해도 나와 결혼하려면 이 어려운 모험을 해야 된다고. 여기서 실패하면 얼마나 가혹한 형벌을 받아야 하느냐 말이다. 그렇지만 나는 그분이 와 주었으면 좋겠다.”

“언젠가 그분이 와서 청혼을 할 거예요. 제 예감이 그래요. 바사니오 씨가 아가씨의 짝이 되면 더 바랄 게 없을 텐데요.”

“그렇고말고.”

포샤가 마음에 두고 있는 이는 바로 바사니오였다.

청혼자 모로코 왕

그때 하인 한 사람이 와서 말했다.

"모로코의 대왕님이 포샤 아가씨에게 청혼하러 오셨습니다."

그 소리에 포샤는 놀라서 기절을 할 뻔했다. 모로코라면 이집트 서쪽에 있는 흑인 나라였기 때문이었다.

"얼굴이 검다면 아무리 성격이 원만해도 결혼을 할 수 없지. 그런데 그 사람이 초상화가 든 상자를 고르면 어떡하지? 자칫 흑인의 아내가 될 수도 있겠네. 이를 어째? 그렇다면 나는 한평생 아버지를 원망하게 될 거야⋯⋯."

포샤는 그만 두 손으로 얼굴을 가리며 울음을 터뜨리고 말았다. 그러자 네리샤가 포샤를 달랬다.

“아가씨, 그런 일은 결코 없을 거예요. 제발 진정하세요.”

“네리샤, 너 같으면 진정할 수 있겠니? 내 운명이 헝클어진 실타래처럼 되어 버릴지도 모르는데 말이야.”

그러나 청혼하러 온 사람을 물리칠 수는 없는 일이었다.

잠시 후, 포샤는 심호흡을 한 다음 용기를 내어 흑인 왕을 맞아들이라고 일렀다.

곧 흑갈색 얼굴에 흰 옷을 입은 모로코 왕이 시종과 함께 나타났다. 집 안으로 들어선 시종은 불과 세 사람이었지만 선물을 실은 수레와 그 뒤를 따르는 신하 수십 명이 문 밖에서 기다리고 있었다. 구경하러 온 이웃 사람들로 골목이 금세 꽉 찼다.

왕은 먼저 자신의 피부색에 대해 이야기를 시작했다.

“내 얼굴이 이렇다 해서 싫어하셔서는 안 됩니다, 포샤 아가씨. 이 검은 피부는 찬란한 태양이 입혀 준 옷입니다. 우리는 태양과 좀 더 가까운 곳에 사는 종족입니다. 태양에서 멀리 떨어진 북쪽 나라 사람의 흰 얼굴과는 견줄 바가 아니지요. 내 몸 안에는 붉은 피가 돌고 있습니다. 할 수만 있다면 내 살갗을 베어서, 얼굴빛이 하얀 사람의 피와 견주어 보았으면 합니다. 나의 이 피 속에는 아가씨에 대한 뜨거운 사랑이 스며 있거든요. 맹세하지만 아가씨에 대한 사랑이 나만큼 지극한 사람은 없을 것입니다."

　왕은 포샤가 잘 알아들을 수 있도록 이탈리아어로 말했다.
이탈리아어는 유창했고 말에는 힘이 넘쳤으며 당당했다.

　포샤는 얼굴색만으로 사람을 평가해 온 자신의 생각이 잘못
이었음을 깨달았다.

　"대왕님을 환영합니다. 그 먼 곳, 태양이 가까운

나라에서 여기까지 오시느라 고생이 많으셨겠습니다.”

포샤는 그제야 모로코 왕에게 예의를 갖추어 인사했다.

모로코 왕이 말을 이었다.

“다시 말씀드립니다만, 내 얼굴을 흠잡지는 마세요. 이래 봬도 우리 모로코에서는 제법 잘생긴 얼굴입니다. 아가씨들이 가장 좋아하는 모습이지요. 그래서 나는 이 얼굴색을 절대로 바꾸지 않을 것입니다. 아가씨의 사랑을 얻을 수만 있다면 그 생각을 바꾸어 보겠습니다만…….”

포샤는 여태까지 만난 청혼자 중에서 이 젊은 흑인 왕이 가장 씩씩하고 힘이 넘치는 사람이라고 생각했다.

“그러나 대왕님, 저는 제 마음대로 혼사를 결정할 수 없답니다. 그것은 제 아버님이 돌아가시기 전에 마련해 두신 조건 때문입니다. 저와 결혼을 하고 못 하고는 대왕님의 제비뽑기에 달려 있습니다. 여기에 각각 금과 은, 그리고 납으로 만들어진 상자가 있습니다. 이중 한 상자에 제 초상화가 들어 있어요. 그 상자를 맞혀야만 합니다. 그 전에, 이 일을 세상에 나가서 비밀로 할 것, 실패할 때는 평생 다른 여성과 결혼하지 않을 것, 그리고 즉시 벨몬트를 떠날 것을 성당에 가서 신에게 서약하셔야 합니다. 그 조건이 너무 가혹하기 때문에 다른 청혼자들은 거의 모두가 되돌아가 버렸지요.”

　포샤는 까다로운 결혼 조건을 또박또박 알려 주었다. 거기에는, 흑인 왕이 돌아가 주었으면 하는 뜻도 있었다.

　그러나 왕은 반색을 하고 나섰다.

　“아가씨의 말씀만으로도 고맙습니다. 미인을 아내로 얻기가 어렵다는 생각은 해 왔습니다만, 꽤 까다로운 조건이군요. 제비뽑기에서 실패하면 평생을 혼자 살아야 한다니 말입니다.”

　“그렇습니다. 그러니 신중하셔야 합니다. 여기서 선택을 그만두셔도 된답니다.”

　왕은 곧, 지니고 있던 칼 한 자루를 꺼냈다.

　“이 보배로운 칼은 일찍이 싸움터에서 수많은 불의를 물리치고 용맹을 떨치게 한 나의 호신용 무기입니다. 이 칼을 두고 맹세합니다. 나는 맹목적으로 포샤 아가씨를 좇다가 나보다 못한 자가 얻을 수 있는 행운을 놓치고 슬픔에 젖는 한이 있더라도 운명을 시험해 보겠습니다.”

　칼을 두고 맹세한 모로코 왕은 이내 성당으로 가서, 신부의 인도로 세 가지 조건을 지키겠다는 선서를 했다. 그리고 포샤의 안내를 받으며 상자가 있는 방으로 갔다.

　포샤가 시녀 네리샤에게 말했다.

"커튼을 젖히고, 세 개의 상자를 이 존귀하신 대왕께 보
여 드려라!"

커튼이 걷히자 탁자 위에 놓인 세 개의 상자가 나타났다.

첫 번째 상자는 금, 두 번째 상자는 은, 세 번째 상자는
천한 납으로 만들어진 상자였다.

납 상자에 이러한 글귀가 새겨져 있었다.

-나를 선택하는 자는 가진 것을 모두 내놓고 모험을 해야 하느니라!-

모로코 왕은 글귀를 보고 픽 웃었다.

'빛깔도 칙칙하고 보기도 흉한 납을 위해서 무엇을 내놓으라는 거야. 거기다가 모험을 하라니? 꼴사나운 납을 놓고 운명을 걸 수는 없어.'

그러고는 은 상자를 살펴보았다. 거기에 글이 새겨져 있었다.

-나를 선택하는 자는 자신에게 합당한 만큼을 얻으리라!-

은 상자의 글귀를 읽은 모로코 왕은 고개를 갸우뚱한 채 이런 생각을 했다.

'합당한 것이란 아가씨를 가리키는 말일 것이다. 내 입장으로 봐서는 포샤 아가씨 하나를 얻기 위해 먼 바다를 건너 여기까지 왔으니 맞는 말이 아닌가! 그러나 아가씨의 입장으로 봐서는 합당하지 않을 수도 있다. 그렇지만 이 은 상자를 열어 볼까?'

모로코 왕은 은 상자 앞에서 한참 동안 망설였다.

그러다가 그는 금 상자를 보았다. 그 위에는 다음과 같은 글이 새겨져 있었다.

　　-나를 선택하는 자는 많은 남자들이 바라는 것을 얻으리라!-

'맞다, 맞다! 이 상자를 열어야겠어. 많은 남자들이 바라는 것
이란, 바로 포샤 아가씨를 가리키는 말이 아닌가! 세계 여러 곳
에서 수많은 남자들이 포샤 아가씨를 얻기 위해 벨몬트로 찾아
들고 있으니 말이야. 포샤 아가씨에게 청혼하러 오는 사람들
은 허케이니아 사막과 광활한 아라비아의 광야를 넘는 것마저
도 고난으로 여기지 않고 있다. 하늘에다 침을 뱉을 만치 오만
한 왕국의 왕도 이 벨몬트로 오고 있다. 그들은 모두 아름다운
포샤 아가씨를 보러 오지 않느냐? 많은 남자들이 바라는 것이란
오직 포샤일 뿐!'

그는 숨을 크게 한 번 쉬더니 외치듯이 말했다.

"납 상자에 그 예쁜 초상화가 있을 거라고? 그처럼 생각하는
사람은 지옥에 떨어진다 해도 아깝지 않을 거야. 납 상자는 어
두운 무덤에 묻기에도 거칠 정도다. 그러면 금보다 열 배나 싼
은 상자 속에 초상화가 들어 있을까? 말도 안 돼! 그처럼 보배스
러운 것이 금보다 못한 상자에 들었던 예가 일찍이 없었다. 영

국에는 천사의 모습을 표면에만 새긴 금화가 있지만, 여기 이 황금 상자 속 천사는 머리에서 발끝까지 전부가 황금이나 다름 없지 않느냐! 어찌 납이나 은 상자 속에 넣어 둘 수 있느냐? 나는 이 황금 상자를 선택하겠소! 열쇠를 주시오!"

포샤는 상자 열쇠를 왕에게 건네면서 손이 떨렸다. 그러면서 이 말을 하지 않을 수 없었다.

"그 속에 내 모습이 있다면 나는 당신의 것이에요."

모로코 왕도 떨리는 손으로 상자를 열었다.

그런데 꺅! 질겁을 할 정도였다. 황금 상자에 든 것은 이빨이 하얀 해골이었다. 해골 눈자위 한쪽에 두루마리 종이가 꽂혀 있었다.

"이게 뭐야? 해골이 아닌가!"

그러나 왕은 놀라지 않았다.

"헛수고가 되고 말았어."

그는 두 손을 와들와들 떨면서 두루마리를 집어 거기에 쓰여 있는 글을 읽기 시작하였다.

번쩍임이 모두 금이 아니라는 말,
그대는 이 말을 자주 들었으리.

금의 겉모양에 홀려
뭇 사람이 생명을 던졌지만
황금 무덤에는 구더기만 들끓을 뿐.

그대가 만일
그 용기만큼 슬기로웠다면,
판단을 제대로 했다면,
그 답이 여기에 적히지 않았을 것을.

잘 가시오.
그대의 청혼은 거절이오!

어리석은 사나이를 나무라는 투의 글이었다.

왕은 글 속에 담겨 있는 뜻을 받아들이기로 하였다.

"포샤 아가씨! 너무 슬퍼서 긴 인사는 못 하겠군요. 그럼 안녕
히……."

비틀거리는 모로코 왕은 시종의 부축을 받으며 포샤의 집을
떠나갔다.

네리샤는 상자가 있는 방에 다시 커튼을 쳤다.

청혼자 아라곤 왕

"아가씨, 손님이 오셨어요."

포샤가 앉아서 숨 돌릴 사이도 없이 또 한 사람의 청혼자가 찾아들었다. 멋진 예복에 왕관을 쓴 왕이었다. 그를 따라 수행원 여러 사람이 같이 와서 앉았다.

"나는 아라곤의 국왕이오. 포샤 아가씨를 우리나라 왕비로 맞아들였으면 하고, 메노르카섬과 사르데냐섬, 그리고 시칠리아섬을 지나고, 티레니아해와 메시나 해협, 또 이오니아해를 거쳐 여기까지 왔소. 다시 말하면 지중해를 한 바퀴 돈 셈이오."

말에는 위엄이 있었고, 모습은 멋쟁이에 미남이었다. 그러나 포샤는 호감이 가지 않았다. 우선 왕비가 되라는 말이 싫었다.

모로코 왕의 경우에는 생김새가 별나서 싫었지만 아라곤 왕은 사람을 억지로 끌어다가 복종시키려는 태도가 싫었다.

"예, 그렇게 먼 나라에서 저를 만나러 와 주신 대왕님께 감사를 드립니다. 오시는 동안에 고생이 되셨을 텐데요?"

포샤는 다소곳이 앉아서 인사를 하였다.

"고생이라니요! 나는 왕이지만 힘 있는 사나이요. 바다에서 놀기를 즐길 뿐 아니라, 배를 좋아하고, 나이가 들면서부터 파도와 싸워 왔소. 그런데 고생이라니 당치않은 말이오."

이 말에 포샤는 왕이 허풍이 세다는 것을 짐작할 수 있었다.

"아라곤의 왕비가 되면 우리나라에 대해서 알아야 하오."

그는 왕가의 가족과 높은 신하의 이름을 댔다. 땅 넓이와 사람 수, 그리고 들판의 면적에 대해 장황하게 늘어놓았다.

"남으로는 지중해가 거울 같고, 북으로는 피레네산맥이 적을 막아 주지요. 에브로강은 굽이쳐 흐르며 들판을 적시고, 들판에는 꽃과 곡식이 가득하지요. 기후는 온난하고, 비는 때맞추어 내리고, 바람이 조용한 곳이오. 어떻소?"

왕은 마음에도 없는 자기 나라 자랑을 너절하게 주워섬겼다.

"대왕님, 저는 마음대로 결혼 상대를 정할 수 없는 운명이에요. 대왕님께서 제 초상화가 든 상자를 고르시면 결혼은 이루어진답니다."

포샤가 그렇게 말했지만 왕은 그 말을 흘려듣고는, 가지고 온 예물을 풀어 놓으며 다시 입을 열었다.

"우리나라 사람들은 부지런하고 솜씨가 좋아서 곱고 빛나는 옷감을 만듭니다. 이것은 우리나라에서 나는 가장 비싼 모직이고, 이것은 우리나라 금광에서 캐낸 금으로 만든 귀고리입니다. 마음에 드실 겁니다."

왕은 포샤가 왕비로 간택된 것을 기쁘게 여기고 있다고 생각한 모양이었다. 포샤의 마음에도 없는 것을 강요하고 있었다.

'왕비가 된다면 그 깊은 궁궐에 갇혀 지내야 한다. 국민에게 억지로 존경받으려면 가식을 지녀야 한다. 행동의 자유도 생각의 자유도 없는, 보기 좋은 감옥에 갇히는 꼴이다. 만일 그런 꼭두각시가 된다면 큰일이다.'

이것이 포샤의 생각이었다. 그런데 왕은 아라곤의 역사를 강의하기 시작했다.

"왕비가 되실 분은 먼저 우리나라 역사를 알아 두어야 합니다. 우리 아라곤 왕국은 고대 로마의 땅이지만, 라미로 1세에 의해 11세기에 독립을 했고, 13세기에 무어 왕국을 정복하였소. 한때는 시칠리아, 사르디니아, 나폴리를 정복하며 지중해의 해상권

을 독점하기도 했으며…….”

아라곤 왕의 역사 강의는 끝이 없었다.

“예, 대왕님. 재미있는 이야기 도중에 미안합니다만, 그런 역사는 모두 대왕님이 운명의 제비를 잘 뽑은 다음에 알아야 할 일입니다. 제비를 뽑으시지요.”

포샤는 상자가 있는 방으로 왕을 안내하고 커튼을 열어젖혔다. 왕은 이미 성당에서, 세 가지 조건을 지키겠다는 서약을 마쳤다고 했다.

“나는 포샤 아가씨에 대한 이야기를 많이 듣고 깊이 연구하였소. 그래서 꼭 우리나라 왕비로 모시겠다는 생각으로 모험을 하러 온 것이오. 자신이 있소. 그래서 우리나라에 대해 길게 이야기한 것이오. 기대를 하시오!”

포샤가 말했다.

“대왕님, 여기 세 개의 상자가 있습니다. 제 초상화가 있는 상자를 고르시면 곧 결혼식을 할 수 있습니다. 그것을 고르지 못하셨을 때는 대왕님의 뜻과는 관계 없이 떠나셔야 합니다.”

“그런 조건은 이미 알고 왔소. 첫째 어느 상자를 선택했는지 그 결과가 어땠는지를 누구에게도 말하지 않겠다, 둘째 초상화가 들어 있는 상자를 고르지 못했을 때는 어떤 여성과도 결혼하지 않는다, 셋째 운이 없어 선택에 실패할 경우 즉시 당신과 작별하고 떠날 것, 이 세 가지 말이지요? 그러나 나는 반드시 당신의 초상화가 들어 있는 상자를 가려 낼 것이오.”

포샤는 고개를 숙이며 대답했다.

“예, 그렇습니다. 보잘것없는 저를 위해 모험을 하러 오신 대왕께 다시 한 번 감사를 드립니다. 그러나 저의 운명이 그러하오니 그 맹세만은 지키셔야 합니다, 대왕님.”

왕은 엄숙한 목소리로 기도하듯이 말했다.

“운명의 여신이여. 내 편이 되어 주소서. 내 편이 되어 주시리라 믿습니다. 굽어 살피셔서 소망을 이루게 해 주소서! 나는 지금 납 상자와 금 상자, 은 상자를 놓고 인생을 점쳐야 합니다.”

큰소리치던 것과는 달리, 아라곤 왕은 상자 앞에서 땀을 흘리고 있었다.

먼저 세 개 상자에 새겨져 있는 글을 읽었다. 금 상자의 글, 은 상자의 글, 납 상자의 글을 두 번이나 읽었다. 그러다가 납 상자에서 금 상자 쪽으로 두 번을 더 읽었다.

그리고 왕은 생각했다.

‘납 상자는 너무 천한 것이어서 초상화가 들어 있지 않을 것이다. 새겨 있는 글이 좋지도 않다. 금 상자에 새겨진, 많은 남자

란 어리석은 무리를 가리킨 말일 것이다.'

그는 생각을 쉬었다가, 다시 사색하는 철학자의 얼굴을 했다.

'어리석은 무리들은 이상을 모르기 때문에 겉모양만 볼 뿐 속을 꿰뚫어 보지 못하거든. 나는 어리석은 자들이 바라는 것을 선택하지 않겠다.'

아라곤 왕의 눈은 은 상자 위에 머물러 있었다. 그는 몇 번이나 새겨져 있는 글을 읽고 또 읽었다. 그리고 몇 번이나 골똘히 생각했다.

-나를 선택하는 자는 자신에게 합당한 만큼을 얻으리라!-

아라곤 왕은 다시 기도하는 자세가 되었다.

"그대 은 상자여, 글귀 하나 좋구나. 신분과 지위와 명예는 부정한 방법으로 얻어지는 것이 아니고 깨끗한 공로에 의해 합당하게 얻어진다. 나에게 합당한 이는 바로 포샤 아가씨다. 나는 아가씨를 왕비로 맞아 부강한 나라를 이루리라. 그렇다. 이 상자를 열어야겠군. 합당하다는 말이 좋다. 포샤 아가씨야말로 나에게 합당하다!"

그는 포샤에게 손을 내밀었다.

“열쇠를 주시오. 틀림없이 이 상자 안에 행운이 있을 것이오.”

그는 외치면서 은 상자를 열었다.

“합당한 자여! 포샤여, 포샤여! 그대의 초상화다. 얍!”

마침내 은 상자가 열렸다. 그런데 상자 속에 든 것은 초상화가 아니었다.

“아니? 이게 뭔가? 바보 같은 인형이 눈을 깜박이며 두루마리를 바치는 그림이잖아?”

왕은 깊은 한숨을 쉬었다.

“어, 너무도 엉뚱하구나. 자신이 합당한 만큼 얻으리라더니, 내가 바보가 될 가치밖에 없단 말이냐!”

왕은 상자 안을 이리저리 살피다가 그림 속의 바보가 들고 있는 두루마리를 낚아챘다. 두루마리에는 이런 글이 쓰여 있었다.

일곱 번 불에 달구어
은 상자를 만들듯

판단도
일곱 번 불에 달구듯 하라!

세상에는

은으로 제 모습을 감춘

바보들이 살고 있다.

어디서 어떤 일을 당하든

은 상자의 이 가르침,

잊을 수 없으리라.

어서 떠나시오,

그대 일이 끝났으니…….

이 두루마리의 글 역시 어리석음을 꾸짖고 있었다.

왕은 괴로운 표정으로 머리를 감싸쥐며 탄식했다.

"구혼하러 올 때는 바보 머리가 하나였는데, 떠날 때는 바보 머리가 두 개로구나. 분수를 모르고 아가씨를 왕비로 맞으려 했던 그것이 바보짓이었소. 이제 깨달았으니 이 분노를 씹으며 평생을 살겠소. 포샤 아가씨, 부디 잘 계시오!"

왕은 어깨를 늘어뜨린 채, 시종과 신하들을 데리고 떠났다.

발걸음마다 뚝뚝 눈물을 쏟으며 걷는 왕의 뒷모습에 포샤의 마음은 우울하기만 했다.

포샤는 자신의 어쩔 수 없는 운명 때문에 참으로 잔인한 짓을 하고 있다는 생각을 했다.

'모로코 왕도 그렇지만 아라곤 왕도, 결혼을 하지 않고 평생을 어찌 산단 말인가. 한 여인을 위해 지나친 정열을 쏟는 것도 어리석지만 그들을 바보로 만든 것은 나다. 아, 나는 얼마나 잔인하고 혹독한가?'

포샤는, 떠나는 아라곤 왕의 뒷모습을 보며 그런 생각을 했다.

'이래서 속담에 '불을 보고 뛰어드는 벌레는 타 죽는다.'라고 했구나. 옛말은 틀린 데가 없어. 사나이들은 불을 보고 뛰어드는 부나비와 한가지다.'

그러면서도 포샤는 운명의 굴레에서 해방이 된 느낌이었다.

"만일 그 왕이 초상화 상자를 뽑았다면 나는 당장 화려한 죄수가 되었을 거야. 그랬다면 나는 저리 욕심 많은 왕의 성미를 좇으며 영락없이 하녀가 되어야 했을 거야. 왕이 정복 군주로 이웃 나라를 쳐서 빼앗는다면 마음에도 없이 그 일을 찬양해야 하고, 백성들에게 찬양하도록 강요해야 할 거야……."

생각해 보니 아라곤 왕의 실패가 포샤 자신에게는 기쁜 일이 되었다.

어릿광대 론슬롯

론슬롯은 샤일록의 집에서 하인 노릇을 하는 어릿광대였다. 그래서 그의 행동은 언제나 우스꽝스러웠다. 론슬롯은 수전노의 집에서 고된 일뿐만 아니라 굶주림에 시달리고 있었다.

"먹을 것은 주지 않고 일만 시키니, 원. 배가 고파 견딜 수가 없네. 어쩌지?"

말은 이렇게 하면서도 그는 누구보다도 부지런히 일했다. 누덕누덕 기운 옷을 입고 있었는데 그나마 떨어지고 찢어져 있었다. 하지만 샤일록은 새 옷을 주지 않았다.

견디다 못한 론슬롯은 샤일록의 집에서 달아나, 다른 주인집에서 일을 해야겠다고 생각했다.

그러자 마음속의 악마가 나타나 론슬롯을 꾀었다.

"론슬롯, 잘 생각했어! 어서 달아나거라. 여기 있어 봐야 혹사만 당한다. 밥은 굶어 죽지 않을 만큼만 주면서도 일은 밤이 깊을 때까지 시키지 않니? 게다가 품삯을 제대로 주는 것도 아니고, 걸핏하면 발길질이잖아. 넌 결국 골병들어 죽고 말 거야. 빨리 달아나라고."

"악마야, 고마워. 네 말이 정말 옳다."

론슬롯은 짐을 꾸려 가지고 살금살금 문밖으로 나갔다.

그때 마음속의 천사가 론슬롯을 말렸다.

"샤일록이 비록 나쁜 주인이긴 하지만 달아나선 안 돼. 참고 견뎌 봐. 뜻밖에 좋은 일이 생길 수도 있어. 넌 정직하고 착한 사람이잖아. 달아나는 건 비겁한 일이야. 그만둬."

"어? 천사가 나를 붙잡네. 나쁜 주인인데도 참고 일을 하라고 하네."

그러자 마음속 악마가 또 나섰다.

"천사의 말은 듣지 마. 넌 자유를 찾아야 해. 용기를 내. 마음 먹은 김에 달아나야 해. 그러지 않으면 너는 노예나 다름없어. 빨리 달아나라고!"

"어, 악마가 또 나를 꾀네?"

그때 마음속의 천사가 다시 나타났다.

"뒤돌아서. 악마의 말은 듣지 마. 악마, 너 꼼짝 마!"

"계속 뛰라고. 천사의 말 따위는 듣지 마. 천사, 너 꼼짝 마!"

악마와 천사가 다투기 시작했다.

그러나 아무리 생각해도 천사의 말을 들을 수는 없었다. 악마의 말을 들어야 수전노의 손에서 놓여날 수 있기 때문이었다.

"에라, 모르겠다. 이럴 때는 악마가 나를 살려 주는군. 달아나자. 뛰자!"

론슬롯은 봇짐을 지고 마구 뛰었다. 인심 좋다고 들은 일이 있는 바사니오의 집으로 갈 계획이었다.

그는 계속 달리다가 그만, 지팡이를 짚고 오는 노인과 부딪치고 말았다.

"어이쿠!"

론슬롯은 길바닥에 나뒹굴고 말았다.

"거참, 조심 좀 하지 그랬어?"

노인이 더듬더듬 론슬롯을 일으켰다.

"다치지는 않았나, 젊은이? 샤일록 씨의 집이 어딘가?"

자세히 보니 그 노인은 뜻밖에도 자신의 아버지였다. 눈이 어두운 탓에 미처 아들을 알아보지 못한 것이었다.

　이때 론슬롯에게 어릿광대의 장난기가 발동하였다. 아버지가 자기를 알아볼 때까지 시치미를 떼기로 한 것이다.

　"샤일록, 그 구두쇠의 집 말씀입니까? 다음 골목에서 오른쪽으로 도십시오. 그 첫 골목에서 왼쪽으로 돌아 곧장 가시면 그 수전노의 집입니다. 그런데 눈이 어두운 어르신께서 혼자 찾아

가시겠어요? 저는 지금 그 집으로 손잡고 안내할 형편이 못 되는데요.”

“내가 찾아가 보지. 근데, 그 집에 론슬롯이라는 젊은이가 지금도 일을 하고 있는가?”

“론슬롯 도련님 말씀입니까?”

“도련님이라 할 것까지는 없지. 가난뱅이의 아들일 뿐일세. 허나, 그 젊은이도 나도 가난하지만 늘 정직한 사람이라네. 내 입으로 말해 놓고 보니 여간 멋쩍지 않구먼…….”

그때 론슬롯은 반가운 만남이 되게 하자면 아버지를 놀라게 해야겠다고 생각했다. 그래서 엉뚱한 말을 했다.

“론슬롯 도련님이라면 이야기를 그만 하셔야겠습니다. 그 사람은, 알아듣기 좋은 말로 하면 천당에 갔고, 운명의 여신이 하는 말로 하면 사망했습니다.”

노인은 깜짝 놀라며, 길바닥에 털썩 주저앉아 버렸다.

“론슬롯이 죽다니, 아이고 하느님! 이보게 젊은이, 내가 바로 그 애의 아비 되는 고보우 노인일세. 이를 어쩌면 좋단 말인가! 그 애는 바로 이 늙은이의 지팡이이자 기둥인데, 그만 꺾여 버렸다니! 아이고, 아이고!”

노인은 그만 목을 놓아 우는 것이었다.

그때 론슬롯이 목소리를 가다듬으며 입을 열었다.

“아버지, 저를 모르시겠습니까? 제가 론슬롯이에요. 아버지, 저는 죽지 않았어요. 지금 아버지 앞에 있습니다. 여기 있어요. 잘 보세요.”

“아버지라니? 내 아들 론슬롯이 죽지 않았다고? 그런데 눈이 어두워 잘 보이지 않네그려.”

고보우 노인은 론슬롯의 머리를 어루만지며 말했다.

“맞습니다, 아버지. 안심하십시오. 저는 과거에도 현재에도 미래에도 틀림없는 아버지의 아들입니다. 고리대금업자인 그 수전노 샤일록의 하인으로 있었지요. 제 어머니가 마제리 부인 이시라는 걸 얘기하면 아들이 틀림없다는 것을 믿으시겠지요?”

“그래, 그렇다. 네 어머니 이름을 아는 걸 보니 틀림없는 론슬롯이다. 반갑구나! 그래, 만져만 봐도 너는 많이 변했구나. 주인과 사이가 좋으냐? 그분에게 드릴 선물을 하나 가지고 왔다. 그래, 주인어른과의 사이는 어떠냐?”

고보우 노인은 아들의 얼굴을 만지면서 계속 물었다.

“말씀을 드리자면 지금 샤일록 영감네 집에서 달아나다가 아버지와 부딪친 것입니다. 그 수전노에게 선물을 주시겠다니요? 선물이라면 목을 매어 잡아끌고 다닐 밧줄이나 주셔야 합니다.

그 수전노를 섬기다가는 굶어 죽기 딱 알맞아요. 제 갈비뼈를 만져 보세요. 얼마나 굶주려서 말랐으면 갈비뼈가 하나하나 만져지겠어요?”

“그러냐? 그 사람이 구두쇠라는 말을 듣기는 했지만 퍽 알뜰한 사람으로 알고 있었는데……."

“아버지, 정말 반가워요. 선물을 가져오셨다면 바사니오 나으리께 드리세요. 저는 그분을 섬기려고 해요. 그분에게 가면 멋쟁이 제복을 주신다고 들었습니다. 그분을 섬길 수 없다면 저는 땅끝까지 도망치고 말 거예요.”

론슬롯은 아버지 고보우 노인의 손을 붙잡고 바사니오의 집으로 갔다.

바사니오는 벨몬트로 떠나기에 앞서 잔치를 차리기로 하고 그 준비에 열중해 있었다.

“안녕하십니까? 바사니오 선생. 우리 아이가 바사니오 선생을 모시겠다기에 여기까지 찾아왔습니다. 높으신 선생께 선물할 비둘기 고기 한 접시를 가지고 왔지요. 이것을 받으시고 저의 청을 들어주십시오.”

바사니오는 고보우 노인이 정성스럽게 싸 가지고 온 비둘기 고기 한 접시를 큰 선물인 양 받아 들었다.

그리고 론슬롯에게 말했다.

"나는 자네를 잘 알고 있네. 자네는 샤일록 씨를 섬기고 있지 않았던가?"

"예, 그렇습니다. 그러나 이번에 나으리를 섬기기로 마음먹었습니다. 그 까닭은 제 아버님이 말씀해 주실 겁니다."

"저 애는 열정을 갖고 있습니다. 말하자면 봉사를 하고 싶다는 거지요. 그런데 샤일록 댁에서 그것이 잘 이루어지지 않았기 때문에 선생께 찾아온 것입니다. 부디 받아 주십시오."

이렇게 하여 론슬롯은 바사니오의 시종이 되었다.

바사니오는 잔치 준비에 바빴다. 음식을 장만하고 자리를 꾸미고 불을 밝혀 놓고 친구들을 초청했다.

포샤 아가씨에게 줄 선물도 값지고 좋은 것으로 준비했다. 그것은 아라비아의 양탄자와 중국의 비단, 터키의 보석 등이었다.

잔치에 초대할 손님은 안토니오와 솔레이니오, 살레리오, 그라시아노 등 여러 친구들이었다.

바사니오가 잔치 일을 거들고 있는 론슬롯을 불렀다.

"전 주인 샤일록 씨한테 가서 인사도 하고 잔치에 오시라고 전하게. 그런데 입고 있는 옷이 말이 아니군. 내가 좋은 옷을 한 벌 주지. 이 옷으로 갈아입고 가게."

바사니오는 술이 주렁주렁 달린 제복 한 벌을 내어다 론슬롯에게 주었다. 어릿광대 론슬롯에게 잘 어울리는 옷이었다.

옷을 차려입은 론슬롯은 샤일록의 집으로 달려갔다.

이때, 바사니오의 친구 그라시아노가 바사니오를 따라 벨몬트로 가겠다고 했다.

"큰일에는 도와줄 사람이 있어야 하지 않겠나? 내가 벨몬트로 같이 가서 자네를 돕겠네."

"고맙네. 자네는 역시 내 친구야."

바사니오는 그라시아노의 손을 잡았다.

바사니오의 친구들은 그와 작별하는 이날 밤을 흥겹게 하기 위해 가장무도회까지 펼치자는 의논을 했다.

"잔치가 무르익을 무렵에 살짝 나가서 준비를 하는 거야. 잔치에 온 사람이 모두 놀랄걸?"

"그거 좋은 생각일세. 바사니오를 보내는 송별 잔치가 한층 흥겨워지겠군. 바사니오도 참말 기뻐할 거야."

수전노와 그의 딸

수전노 샤일록에게는 제시카라는 외동딸이 있었다. 제시카는 아버지와 달리 마음씨가 고울 뿐 아니라 상냥하고 우아한 여성이었다. 제시카는 유대인의 딸이기 때문에 유대교인이 되어야 했다. 그러나 그녀는 기독교를 믿는 재봉사 로렌조와 평생을 같이할 마음이었다. 아버지가 알면 벼락이 떨어질 판이었다.

유대교의 율법에 따르면 기독교인과는 결혼을 할 수 없었다. 유대인 여자가 기독교인과 결혼을 하려면 종교를 바꾸어야 하는데, 그것은 큰 죄악이라고 했다. 또한 부모와 종족을 배반하는 일이었다.

아버지 샤일록은 기독교인을 몹시 싫어했다.

그래도 사랑에 빠진 제시카는 아버지 몰래 로렌조와 만났다. 로렌조와 만나는 건 즐거운 일이었지만, 한편으로는 늘 조마조마하고 불안했다.

이것을 눈치챈 아버지가 딸을 불러 세웠다.

"보아하니, 요즘 네가 어떤 사내를 만나는 것 같구나. 지난밤에도 네가 집 안에 있지 않았던 걸 나는 안다. 설마, 그 재봉사 녀석 로렌조를 따라다니는 건 아니겠지? 만일 그렇다면 큰일 난다! 그놈은 더럽고 냄새나는 돼지고기를 먹는 기독교인이란 말이다. 그렇지 않더라도 우리 유대교인하고는 결혼할

수 없다는 걸 너도 알고 있지!”

입술을 문 채 머뭇거린 제시카는 크게 숨을 한 번 내쉰 다음, 입을 열었다.

“아버지, 사실은 그 사람을 만나고 있어요. 좋은 젊은이예요.”

“뭐, 뭐라고? 기독교인을 만난단 말이냐? 이거 큰일 났구나! 한 번만 더 그랬다간 매를 맞을 줄 알아라. 오늘부터 너는 집 밖에 나가지 못한다. 문을 잠가 두고 내가 감시할 테다.”

샤일록은 제시카를 집 안에 가두어 놓고 문을 단속하였다.

집 밖으로 나갈 자유조차 없어진 제시카는 어쩔 바를 몰랐다.

‘이대로 있다가는 로렌조 씨를 다시 만날 수 없겠구나.’

갇힌 신세가 된 제시카는 마침내 달아날 궁리를 하게 되었다.

“제시카 아가씨!”

그때 며칠 동안 집을 나가 있던 론슬롯의 목소리가 들려왔다. 창밖으로 내다보니 그는 멋진 제복을 입은 채 웃고 있었다.

“론슬롯 씨, 어쩜 제복이 그렇게 잘 어울리세요! 아주 멋진 걸요! 역시 우리 집에서 나가길 잘했어요.”

“아가씨, 저는 바사니오 나으리를 새 주인으로 모시려고 집을 나갔습니다. 오늘은 인사를 하러 왔어요.”

아버지가 무엇을 잘못하고 있는지, 너무나 잘 알고 있는 제시카는 론슬롯에게 동정하는 마음이 일었다.

"론슬롯 씨가 나갈 수밖에 없도록 한 우리 집안이 죄스러워요. 저로서는 섭섭하지만 잘 되었어요. 멋쟁이가 된 걸 봐도 알 수 있지요. 저 역시 같은 심정입니다. 우리 집은 지옥이에요. 이런 지옥 속에 쾌활하고 유머를 가진 친구가 있어서 그동안은 위안이 되었지요. 그러나, 그러나 이젠 견딜 수 없어요."

제시카는 조그만 선물과 편지 한 장을 건네주었다.

"작은 건 헤어지면서 드리는 선물입니다. 그리고 그 편지는 로렌조 씨에게 전해 주세요. 그리고 속히 이곳을 피하세요. 아버지가 보시면 외간 남자와 얘기하고 있다고 야단하실 거예요."

제시카의 편지는 견딜 수 없는 자기 심정을 적은 것이었다.

론슬롯은 곧 문으로 들어가서 옛 주인인 샤일록을 만났다.

"샤일록 나으리, 론슬롯이 왔습니다."

론슬롯이 인사를 하자 샤일록은 눈을 부라리며 꾸짖었다.

"네 이놈, 아무 말도 없이 우리 집을 나가서 바사니오를 모시고 있다더니 어쩐 일로 왔느냐? 이놈!"

"예, 상의도 못 드리고 나으리 곁을 떠나게 되어 죄송합니다. 지금 새 주인으로 바사니오 나으리를 모시게 되었다는 말씀을 드리러 왔습니다."

"흥, 그래도 옷은 한 벌 얻어 입었군. 그 바사니오는 돈이 없어서 내 돈을 꾸어 간 사람이다. 너는 이제 곧 옛 주인인 나와 새 주인 바사니오를 비교하게 될 거다. 우리 집에서처럼 배부르게 먹지도 못하고 코를 골며 낮잠을 자지도 못하게 될 거다. 그 옷이 해질 때쯤이면 거지 꼴로 이 집 저 집 돌며 밥을 얻으러 다니게 되겠지."

샤일록은 하인 론슬롯에게 배부르게 음식을 준 일이 없었다.

떨어진 헌 옷을 입게 하였고, 낮잠을 자게 한 일 또한 없었다. 샤일록이 이렇게 말하는 것은 자기 잘못을 덮으려는 억지였다. 론슬롯은 코웃음이 나오려는 것을 참았다.

"바사니오 나으리가 벨몬트로 떠나기에 앞서 어른들과 친구들을 초대해서 잔치를 연답니다. 오늘 저녁 샤일록 나으리께서도 오셔 달라는 말씀을 전하라고 하십니다."

그러자 샤일록은 금방 얼굴빛이 변했다.

"그래? 돈이 없어 쩔쩔매던 바사니오가 잔치를 연단 말이지? 그거 좋은 생각을 했구나. 바사니오가 분명 나를 초대한다고 하더냐, 나를?"

"예, 예. 그래서 인사도 올릴 겸 심부름을 왔습니다. 잔치뿐만 아니라 잔치 뒤에 가장무도회까지 펼칠 거랍니다."

"가장무도회까지? 그래? 그거 괜찮은 일이로군. 가서 실컷 먹어 주지. 내가 기꺼이 간다고 일러라."

샤일록은 아주 기뻐하는 눈치였다. 그러면서 대문을 나서는 론슬롯의 뒤통수에 대고 욕을 퍼부었다.

"저 녀석은 인간성은 좋은데 너무 많이 먹는 게 탈이야. 느리기는 달팽이보다 더하고, 낮잠은 살쾡이보다 더 즐기지. 내가 돈을 벌자면 일은 하지 않고 밥만 축내는 저놈을 내 집에 두어서는 안 되겠다고 생각하던 참이었어. 그런데 제 발로 나갔으니 얼마나 다행이냐.”

샤일록은 론슬롯이 자기 집에서 나간 것을 잘된 일이라고 억지로 꿰맞추었다.

론슬롯은 제시카의 편지를 로렌조에게 급히 전해야 했다. 그런데 로렌조는 어디에도 없었다.

잔치에 손님들이 모여드는데, 거기에도 로렌조는 없었다.

'가장무도회를 연다고 했으니 거기에 갔을지도 모르겠다.'

그는 주인 바사니오에게 샤일록이 곧 잔치에 오겠다 하더라는 말을 전하고 밖으로 나왔다.

샤일록은 비싼 옷과 몇 개 보석으로 몸을 치장한 다음, 딸 제시카를 불렀다.

“내가 바사니오의 잔치에 초대를 받았다. 너를 믿고 열쇠를 맡길 테니 집을 잘 지켜야 한다. 특히 외부 사람들과 만나서는 안 돼. 바사니오 그 녀석은 내가 좋아서 초대하는 것이 아니다. 아첨하려고 그러는 거야. 나는 그들을 증오하면서 음식을 실컷 먹어 줄 거다.”

그는 열쇠를 딸에게 건네주면서 한 번 더 다짐을 받았다.

“오늘 밤에 가장무도회가 있다는구나. 문을 꼭꼭 잠그고 있거

라. 북소리, 피리 소리가 들리고, 괴상한 악기가 울리더라도 창문으로 내다봐서는 안 돼. 문과 창문을 꼭꼭 닫고 그들의 나팔소리, 피리 소리가 집 안으로 새어들지 못하게 해야 한다. 알았지?”

제시카는 아버지가 알아듣지 못할 정도의 작은 소리로 인사를 했다.

“아버지 잘 다녀오세요. 제 일이 잘되면 저는 아버지를 잃게 되고, 아버지는 딸을 잃게 될 거예요. 이건 어쩔 수 없는 일이에요. 아버지, 죄송해요.”

딸은 아버지의 뒷모습을 보면서 눈물을 흘렸다.

바사니오의 집에는 잔치 분위기가 무르익고 있었다. 물론 수전노 샤일록도 자리를 같이하여 음식 대접을 받고 있었다.

모두들 바사니오의 구혼이 잘되기를 비는 마음이었지만, 샤일록만은 음식을 바닥내기 위해서 와 있는 사람처럼 먹고 마시기만 했다.

계획했던 대로 그라시아노, 살레리오, 솔레이니오 등 몇 사람은 가장무도회를 펼치기 위해 잔치 도중에 약속한 장소에 모여 있었다.

그런데 가장무도회에 같이 참여하기로 한 로렌조가 잔치에도 오지 않고 약속한 장소에도 나타나지 않았다.

"이 친구는 대체 어디서 뭘 하는 거야?"

"그러게 말이야!"

기다리다 지친 친구들이 불평을 늘어놓고 나서도, 한참 뒤에야 로렌조는 구겨진 휴지처럼 어깨를 늘어뜨린 채 나타났다.

"이 사람, 오늘같이 좋은 날 왜 이렇게 늦었나?"

친구들이 물었다.

"휴, 내게 심각한 고민이 생겼네."

"뭐가 그리 심각해? 제시카 때문인가?"

"어떻게 해야 좋을지 모르겠어. 며칠 전부터 제시카가 꼼짝도 하지 않거든. 그래서 만날 수가 없네. 틀림없이 샤일록 영감이 딸을 방 안에 가두어 둔 것 같아. 오늘 하루 종일 그 집 근처만 기웃거리다가 왔어. 그런데 제시카의 그림자도 볼 수 없었어."

"이교도와의 슬픈 사랑이지만, 잘되어야 할 텐데 말이야."

여럿이서 제시카 이야기를 하고 있는데 론슬롯이 헐떡거리며 뛰어왔다.

"로렌조 씨, 제가 얼마나 찾아다녔는지 아세요? 여기 편지를 가지고 왔습니다."

론슬롯이 내미는 편지는 제시카가 보낸 것이었다.

"가슴이 타던 참에 편지가 왔군."

편지 겉봉을 뜯는 로렌조의 손이 바르르 떨렸다. 눈에 익은 제시카의 글씨가 나타났다.

"꽃처럼 어여쁜 이 글씨를 쓴 제시카의 손은 이 편지지보다 더 하얗고 아름답다네!"

가슴 가득 솟구치는 사랑의 마음을 누르며, 로렌조는 편지를 읽어 내려갔다.

로렌조 씨,

아버지가 나를 감금해 놓고 있는 형편이에요.

이러다간 영원히 로렌조 씨를 만날 수 없을 것 같아요. 아버지는 유대교를 믿지 않는 사람과는 절대로 결혼을 시킬 수 없다고 하세요.

그래서 나는 고민 끝에 탈출을 결심했어요. 아버지께는 죄스런 일이지만 말이에요. 둘이서 다른 도시로 달아날 채비를 해 주세요.

나도 준비할게요. 탈출할 때는 남장을 해야겠어요.

그러니 남자 옷 한 벌을 마련해 주세요.

오늘 밤에 말이에요.

부디 서두르세요.

-제시카로부터-

편지를 다 읽은 로렌조는 소리를 꽥, 질렀다.

"야아, 이제 살 길이 생겼다!"

"무슨 일인데 그래?"

친구들이 몰려와 편지를 빼앗았다.

"이건 굉장한 일이야. 지금부터 이 베니스를 탈출할 준비를 해야겠어. 그래서 난, 오늘 밤 가장무도회에는 가지 못하겠네."

"아니, 잠깐은 참석해야지. 여태 자네를 기다렸는데……."

"그렇긴 해도 이 편지에 쓰인 걸 보게. 사정이 아주 급하잖아. 당장 남자 옷 한 벌을 가지고 달려가야 하거든. 아주 좋은 기회야. 샤일록 영감이 이쪽 잔치에 오면 집에는 제시카만 있게 될 테니 말이야."

"그럼 제시카와 같이 베니스를 떠날 건가?"

"그래야만 할 것 같네. 자, 작별을 하세."

로렌조가 손을 내밀었다. 그러자 모두들 손을 뿌리쳤다.

"이렇게 헤어지면 언제 다시 만날지 모르잖아! 우리 모두, 자네와 제시카 아가씨가 떠나는 걸 보러 가겠네."

"안 돼, 그렇게 했다가는 자네들까지 경을 치르게 되네. 도망자를 도와줬다고 샤일록 영감한테 치도곤을 맞을 거야."

"어쨌든 우리가 뒤따라갈 테니 떠날 준비나 하게. 자, 어서들

서두르자고!"

　잠시 머뭇거리던 로렌조는 손을 흔들며 가 버렸다.

　로렌조를 보내 놓고 사람들은 계속해서 가장무도회를 준비했다. 잔치가 끝날 때까지는 두 시간의 여유가 있었다.

　횃불 들 사람을 정했다.

　하나씩 가지고 온 보따리를 풀자, 준비한 가면과 복장들이 쏟아져 나왔다. 이집트 왕, 마왕, 야만인 등으로 얼굴을 꾸미고 복장을 갖추었다. 머리에 고깔을 쓴 사람도 있었다.

　어릿광대 론슬롯이 횃불 뒤를 따르며 익살을 부리기로 했다. 여러 가지 악기가 그 뒤를 따랐다.

　"먼저 로렌조와 제시카를 위해 샤일록 영감네 집으로 가서 한판 놀아 주세. 두 사람의 결합은 축하할 일이지만 이곳을 떠난다니 섭섭하지 않은가. 축하 겸 송별 연주를 벌이세."

　"그렇게 하세. 자, 그럼 어서 그리로 가자고."

　가장행렬과 악기들이 제시카의 집으로 향했다.

도둑은 내 딸

남자 옷 한 벌을 보자기에 싼 로렌조는 서둘러 제시카의 집으로 달렸다.

"제시카, 내 사랑!"

로렌조가 소리치자, 제시카가 창을 열고 내다보았다.

"자, 여기 남자 옷이오. 오늘 저녁 베니스를 탈출합시다. 내가 부두에 가서 배를 예약해 놓고 올 테니, 준비하고 있어요!"

로렌조는 그길로 부두를 향해 달렸다. 곧바로 떠나는 배가 있나 알아보기 위해서였다. 그는 사람들의 눈을 피하려고 큰 배보다는 작은 배가 더 맞춤할 거라고 생각했다.

한동안 부두를 오르내리던 로렌조는 요량했던 크기의 배를 고치는 노인에게 다가갔다.

"이 배가 오늘 밤에 떠날 건가요?"

"그럴 예정인데, 보다시피 수리 중이라 출발 시간은 나도 장담할 수 없네. 배 밑바닥에 작은 구멍이 났지 뭔가."

노인은 톱으로 뱃바닥을 수리할 판자를 자르며 대답했다.

"그럼 조금 있다가 올 테니 태워 주세요. 일행은 두 명입니다. 가까운 도시 어디든 편하신 곳에 내려 주시면 고맙겠습니다."

"그렇게 하세. 오늘 밤은 바람이 순해서 조용한 바다 여행이 될 걸세."

배를 예약해 놓고 로렌조는 제시카의 집으로 달려갔다.

가장행렬 복장을 한 친구들이 악기 소리에 맞추어 한창 춤을 추고 있었다. 아주 흥겨운 장면이었다.

"우리의 주인공인 로렌조가 왔어. 더욱 힘차게 한판 울리세."

나팔 소리, 피리 소리가 한층 요란해졌다.

솔레이니오가 나서며 말했다.

"자네와 제시카 아가씨의 결합은 참으로 축하할 만한 일일세. 하지만 이제 헤어지면 만나기가 쉽지 않을 거야. 그래서 우리가 이렇게 아쉬운 대로나마 축하 잔치와 송별 잔치를 열었네."

"한량없이 고맙네, 고마워. 그러나 알다시피 나와 제시카는 잔치에 어울릴 겨를이 없네. 미안하지만 이해해 주게나."

로렌조는 손나발을 하고 창문 쪽에다 소리쳤다.

"제시카, 내 사랑!"

이내 창문이 열리며 제시카의 목소리가 들려왔다.

"어서 나와요. 배는 예약을 해 놨어요. 탈출, 탈출이야!"

잠시 후, 소년 복장을 한 제시카가 작은 보따리 하나를 들고 나왔다. 남장을 했지만 제시카는 여전히 아름다웠다.

"자, 드디어 우리들의 제시카 아가씨가 나왔다. 한 번 더 신명 나게 울려 보자고!"

얼굴에는 가면을, 머리에는 이상한 고깔을 만들어 쓴 친구들이 춤을 추며 로렌조와 제시카를 둘러싼 채 돌았다. 제시카는 너무도 놀라운 광경에 눈이 휘둥그레졌다.

"어머, 정말 멋져요! 뜻밖에도 어릿광대, 이집트 왕, 마왕 들의 전송을 받게 되었네요."

로렌조가 서둘렀다.

"고맙네, 친구들! 그러나 이제 더 이상 흥에 젖어 있을 시간이 없어. 제시카와 나는 부두로 가서 밤배를 타야만 해. 정처 없이 떠나는 우리 두 사람의 내일을 위해 기도하고 축복해 주게."

"그럼, 잘 가게나. 어디에 있든 자주 소식 줄 거지? 우린 늘 두 사람을 생각하며 기도하고 있을 테니 말이야."

손을 잡으며 모두가 섭섭한 얼굴을 했다.

가장행렬 친구들과 헤어진 로렌조와 제시카는 부두에 도착했다. 노인은 아직도 배 밑바닥을 고치고 있었다.

제시카는 몹시 불안해했다. 당장이라도 아버지 샤일록이 몽둥이를 들고 달려올 것만 같았기 때문이었다.

“로렌조 씨, 불안해요. 어쩌죠?”

“괜찮아요. 용기를 내라고. 배는 곧 바다에 뜰 거요.”

말은 그렇게 했으나 불안하기는 로렌조도 마찬가지였다.

로렌조는 배 안으로 뛰어 들어가 노인을 거들었다.

“안전하게 해야 되네. 배 밑바닥에서 물이 새면 우린 목숨을 잃고 만다고. 차근차근 일을 마쳐야 해.”

노인은 서두르지 않았다.

로렌조와 제시카는 가슴이 죄어 왔다.

그라시아노, 살레리오, 솔레이니오 등은 가장행렬 차림을 한 채 바사니오의 집으로 갔다. 잔치가 끝날 무렵이 되었으므로 가장무도회를 한바탕 펼칠 참이었다.

그런데 바사니오의 집에 이르렀을 때는 이미 잔치가 끝나고 사람들이 흩어진 뒤였다.

“아니, 벌써 잔치가 끝나 버렸잖아?”

모두들 놀라는데 뒷정리를 하던 안토니오가 나오며 말했다.

“어디를 갔다 오는가? 잔치는 이미 끝났네.”

“잔치가 끝나다니, 가장무도회가 있다고 했잖아?”

살레리오가 소리치며 물었다.

“오늘 밤 가장무도회는 취소되었네. 그렇잖아도 자네들을 찾고 있었지. 배를 예약해 두었는데, 뜻밖에 순풍이 불어 와 지금 출발해야겠다고 연락이 왔지 뭔가. 그래서 바사니오가 자네들을 찾다가 부두로 갔네. 지금 곧 가면 배 타는 데서 만날 수 있을 거야. 손님을 태우는 데 시간이 제법 걸릴 테니까……."

"이거, 큰일 났군! 바사니오와 함께 벨몬트에 가기로 약속했는데……."

그라시아노가 허둥거리며 부두를 향해 뛰어갔다.

"그라시아노 님, 함께 가요! 저도 주인 나으리를 따라가서 심부름을 해야 돼요."

론슬롯이 허겁지겁 뒤따르며 소리쳤다.

솔레이니오가 물었다.

"한바탕 놀지 못하게 된 것은 섭섭하지만, 어쨌든 순풍이라니 다행일세. 그런데 샤일록 영감은 언제 떠났나? 좀 붙잡아 두지 않고."

"한참 되었지."

영문을 모르는 안토니오가 아무 생각 없이 대답했다.

"그렇다면 큰일 났네. 로렌조와 제시카 아가씨가 샤일록 영감한테 붙잡히게 될지도 몰라."

모두가 화들짝 놀라는 모습을 보고, 그제야 앞뒤 사정을 알아

차린 안토니오가 외쳤다.

"아차, 그걸 미처 생각하지 못했군그래. 그렇다면 보통 급한 일이 아니네! 어서 빨리 부두로 가서 로렌조에게 알리게."

"안 되겠네. 우리도 부두로 가야겠어. 두 사람이 샤일록에게 잡히면 큰일 아닌가!"

친구들은 우르르 부두로 몰려갔다.

안토니오도 그 뒤를 따랐다.

부두의 작은 배는 이제 막 수리가 끝나, 로렌조와 제시카는 떠날 차비를 하고 있었다. 천만다행이었다.

"로렌조, 한시라도 빨리 떠나야 해! 한참 전에 잔치가 끝나 버렸다고. 샤일록 영감이 집으로 갔다네."

"그래? 영감님, 어서 출발하시지요."

로렌조가 사공 할아버지를 재촉하며 친구들에게 작별 인사를 건넸다.

"고맙네, 친구들! 모두에게 행운이 있기를 비네……. 그럼, 잘 들 있게."

작은 배는 돛을 펴자마자 미끄러지듯 바다를 달리기 시작했다. 부두에서 손을 흔들어 주던 친구들은 바사니오가 타고 갈 큰 배 쪽으로 갔다.

샤일록은 잔치에서 배가 터지기 일보 직전까지 먹고 마셨다. 양에 차지는 않지만, 바사니오의 재산을 먹어서 축나게 한 것이 기쁘기도 했다. 하지만 잔치가 예상보다 빨리 끝난 것이 못내 아쉬웠다.

"지금 순풍이 불고 있습니다. 곧 배를 띄울 테니 타실 분은 오늘 자정까지 큰 배에 오르셔야 합니다."

예약해 둔 배에서 사람을 보내, 바사니오에게 전한 말이었다. 그래서 새벽까지 갈 잔치가 일찍 끝나게 되었고, 가장무도회도 취소한 것이었다.

집으로 돌아온 샤일록은 딸을 먼저 찾았다.

"제시카, 집은 잘 봤겠지?"

샤일록이 소리치며 들어서자 하녀가 나오며 말했다.

"아가씨는 주인어른이 새벽녘에나 오실 거라며 일찍 잠자리에 들었습니다."

하녀는 제시카가 부탁한 대로 주인에게 말했다.

"그래?"

딸을 가두어 놓고 감시하던 샤일록은 미심쩍은 생각이 들어 딸의 방문을 열어 보았다. 그런데 제시카는 방에 없었다. 샤일록은 가슴이 덜컥 내려앉았다.

"내가 그만큼 타이르며 기독교인과의 결혼은 안 된다고 했는데, 설마 그놈 로렌조를 만나러 간 것은 아니겠지?"

그러다가 샤일록은 로렌조가 바사니오의 잔치에 나타나지 않은 것에 생각이 미쳤다.

"혹시나 그놈이?"

부쩍 의심이 난 샤일록은 자신의 방으로 뛰어 들어가 금고를 살폈다. 금고 위에는 딸의 글씨로 쓰인 편지가 놓여 있었다.

아버지,

저는 로렌조 씨와의 결혼은 안 된다고 하시는 아버지의 말씀을 따를 수 없습니다. 아버지께는 죄송하오나 저는 로렌조 씨를 따라 떠나기로 했습니다. 저의 마음이 끌리기 때문에 어쩔 도리가 없습니다.

여기 금고에 있는 보석 몇 개를 가지고 갑니다. 어느 곳이든 가서 자리를 잡기까지 필요하리라 싶어서입니다.

아버지, 저를 이해하고 용서해 주십시오.

그리고 아버지께 올릴 부탁이 있습니다. 아버지께서 돈을 모으려 하시는 것도 좋지만, 남에게 베푸는 일도 같이 해 주셨으면 합니다. 그것이 아버지 곁을 떠나는 이 딸의 소원이기도 합니다.

아버지, 부디 안녕히 계십시오.

-아버지의 딸 제시카 올림-

딸의 편지를 읽은 샤일록은 정신을 잃을 지경이었다. 그는 부들부들 떨면서 금고를 열었다. 보석 중에서도 값비싼 것 몇 개가 없었다. 프랑크푸르트에서 거금을 주고 산 다이아몬드도 없어졌다.

"열쇠를 꾸러미째 맡긴 것이 탈이었군. 자식을 너무 믿다가 이렇게 됐어!"

샤일록은 또 한 번 정신이 가물거리는 걸 느꼈다.

"안 되지, 암 안 되고말고! 정신을 차려야 해. 잃어버린 보석을 찾아야 해. 내 딸이 로렌조 그놈과 짜고 아비의 보석을 훔쳐 달아났어! 아이고, 아이고!"

그는 밤중이거나 말거나 베니스의 공작에게 가 보기로 했다. 잃어버린 보석을 찾아 달라고 호소하려는 것이었다.

당시 이탈리아는 여러 개의 작은 나라로 나누어져 있었다. 베니스는 베니스만을 중심으로 하나의 독립된 도시 국가를 이루고 있었는데, 나라의 군주 노릇을 하는 사람은 공작이었다.

공작의 관저를 찾아간 샤일록은 문을 지키는 병사에게 숨가쁜 소리로 말했다.

"공작은 주무시오? 사건이 났소. 밤중에 도둑이 보석을 훔쳐 갔소. 보석을 찾도록 조치해 달라고 공작에게 이르시오. 나는 샤일록이라는 사람이오!”

병사는 도둑을 맞았다는 백성을 그냥 돌려보낼 수가
없어서, 늦은 시간이지만 공작에게 보고를 올렸다.

“샤일록이라고? 구두쇠로 소문난 그 사람이로군. 귀
찮기 짝이 없는 사람인데…….”

공작은 고리대금업자 샤일록을 잘 알고 있었다.

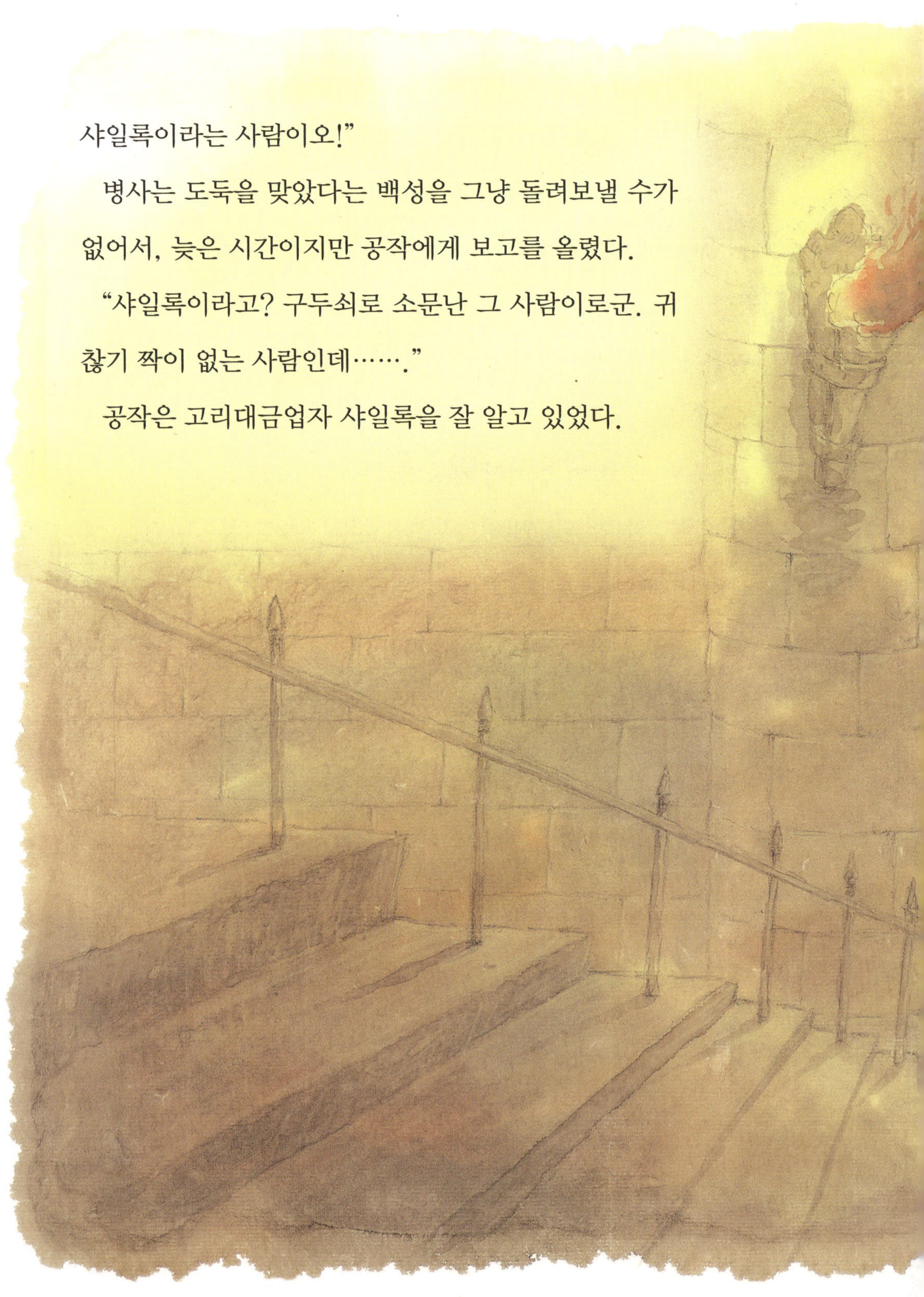

자다가 깬 그는 언짢아하면서도 샤일록을 맞았다.

“이 밤중에 웬일이오, 샤일록 씨?”

“아주 급합니다. 오늘 저녁 저의 집에 도둑이 들어 보석을 훔쳐갔습니다. 지금 당장 베니스 항을 떠나는 모든 연락선들의 출항을 금지해 주십시오. 도둑은 그 배 안에서 잡힐 것입니다.”

“그렇게 쉽게 잡을 수 있을까요? 도둑이 누구인지 알아야 할 텐데요.”

“알고 있습니다. 보석을 훔쳐 간 도둑은 제 딸입니다.”

그 말에 공작은 피식 웃음을 터뜨렸다.

“딸이 도둑이라……? 딸이 아버지 것을 가져가도, 주지 않는 걸 가져갔다면 도둑은 도둑이지요. 거기에는 무슨 곡절이 있을 텐데요?”

“급합니다! 먼저 출항을 막아 주세요. 배가 떠나고 나면 도둑을 못 잡습니다. 제 딸이 외간 사내인 재봉사와 짜고 집 안 물건을 훔쳐 달아난 것입니다. 배를 타고 갈 것이 틀림없어요.”

“그것이, 보석이 없어진 사연이군.”

공작은 병사를 불러, 부두로 가서 수사할 일이 있으니 연락선은 출항을 하지 말라고 이르도록 명령했다. 그러고는 얼른 관복을 입고, 횃불을 든 군사 수십 명을 거느리고 부두로 나갔다.

샤일록은 공작의 뒤를 따랐다.

항구에 정박하고 있는 연락선은 큰 돛을 여러 개 단 어마어마하게 큰 배였다.

부두에는 벨몬트로 떠나는 바사니오를 배웅하러 나온 친구들이 있었다. 바사니오와 동행하는 사람은 그라시아노와 론슬롯이었다. 안토니오, 솔레이니오, 살레리오 등이 바사니오의 손을 잡고 인사를 나누는 중이었다.

"부디, 청혼이 성공하기를 비네."

"고맙네. 일이 성공하면 서둘러 돌아오겠네."

"그럴 필요 없네, 바사니오. 나 때문에 서두르다가 일을 그르칠 수도 있어. 그리고 내가 샤일록에게 써 준 차용증에 대한 것은 마음에 담아 두지 말게."

안토니오와 바사니오는 껴안은 채 눈물을 흘렸다.

세 사람이 배에 오르고 손님들이 모두 타자 배는 곧 닻을 거두고 떠나려 했다. 그런데 공작의 명령으로 다시 닻을 내렸다.

부두에 배웅을 하러 나온 안토니오 일행을 보자 샤일록이 공작에게 말했다.

"저기 저 사람들이 달아난 재봉사의 친구들입니다. 우리 딸에 대해서도 잘 알고 있습니다. 물어보세요."

　공작은 안토니오 일행에게 로렌조와 제시카가 배에 탔는지 물어보았다.

　"저희들은 오늘 벨몬트로 떠나는 바사니오 친구를 배웅하러 온 사람들입니다. 로렌조와 제시카를 잘 알고 있지만, 그 두 사

람이 이 배에 타는 것은 보지 못했습니다.”

이들은 로렌조와 제시카가 이보다 먼저 작은 배를 타고 떠났다는 사실을 알고 있었지만 그것을 가르쳐 줄 리 없었다.

그러자 샤일록이 공작에게 다시 말했다.

“그 두 도둑이 틀림없이 이 배에 탔을 겁니다. 저 사람들은 그 재봉사와 같은 패거리이기 때문에 믿을 수가 없습니다. 제가 병사를 몇 사람 데리고 배에 들어가서 샅샅이 뒤져 볼 수 있게 해 주십시오.”

공작은 샤일록의 요구가 언짢았지만 그렇게 하도록 허락했다.

반 시간 만에 배에서 나온 샤일록이 말했다.

“도둑은 틀림없이 이 배에 탔을 텐데, 어디에 숨었는지 눈에 띄지 않습니다.”

공작은 병사들을 데리고 관저로 돌아가며 샤일록을 나무랐다.

“샤일록 씨, 당신은 어째서 당신의 돈만 생각하고 남의 괴로움은 생각하지 않소? 당신이 밤중에 소동을 벌였기 때문에 배가 반 시간이나 늦게 떠나지 않았소?”

샤일록은 딸이라는 도적에게 보석을 완전히 잃었다는 생각 때문에 공작의 나무람은 귀에 들어오지 않았다.

“잃어버린 보석을 찾아야 한다.”

그는 날이 밝을 때까지 항구에 정박해 있는 배들을 몽땅 뒤졌다. 그러나 어디에도 제시카와 로렌조는 없었다.

다만, 어떤 젊은이 두 사람이 할아버지 뱃사공이 모는 작은 돛단배를 타고 베니스 항을 떠나가는 걸 보았다는 사람이 한 명 있었을 뿐이었다.

“내 보석을 내 딸이 훔쳐 갔어. 내 돈을 훔쳐 갔어!”

샤일록은 미친 사람처럼 혼자 지껄이며 부둣가를 돌아다녔다. 그러자 짓궂은 동네 꼬마들이 샤일록의 흉내를 내며 뒤따라 다녔다.

“내 보석, 내 딸, 내 돈……!”

“내 보석, 내 딸, 내 돈……!”

샤일록은 아이들의 놀림감이 된 것이었다.

화가 머리끝까지 난 샤일록은 꼬마들에게 돌멩이를 던졌다. 꼬마들은 얼른 달아났다가 다시 와서 샤일록을 놀렸다.

납 상자 속 초상화

바사니오와 그라시아노, 그리고 론슬롯은 순풍을 타고 탈없이 벨몬트에 도착했다. 먼저 세 사람은 묵을 거처를 정하고, 바사니오와 그라시아노는 멋진 말을 한 필씩 샀다.

그라시아노가 먼저, 선물을 가지고 포샤의 집으로 찾아가 바사니오가 벨몬트에 왔음을 알리기로 하였다.

론슬롯은 바사니오가 준비한 선물 보따리를 든 채, 말을 타고 가는 그라시아노의 뒤를 따랐다.

포샤의 집은 어마어마한 저택이었다. 문 앞에서 서성대던 하인이 썩 나서더니 웃으며 물었다.

"청혼하러 오셨나요?"

"청혼을 하러 온 것이 아니라 청혼하실 분의 심부름을 온 것일 세. 베니스에서 왔다고 전하게."

그러자 포샤의 하녀 네리샤가 나와 손님을 맞는 너른 방으로 안내했다.

"우리는 베니스에서 오신 바사니오 씨의 심부름으로 찾아왔습 니다. 내일쯤 포샤 아가씨가 바사니오 씨를 만나 주실 수 있는 지 알아보려고요."

그러자 하녀의 입에 금방 웃음이 돌았다.

"아가씨가 베니스의 바사니오 나으리를 잘 알고 계세요. 아가 씨가 청혼자를 만나시는 시간은 제가 정하는데요. 내일로 하지 요. 반가운 만남이 될 거예요."

하녀 네리샤는 무척 예쁘고 상냥했다. 목소리 또한 고왔다. 그 것이 그라시아노의 마음을 끌었다. 하녀 네리샤도 그라시아노 에게 호감을 가지는 듯했다.

그때 함께 온 론슬롯이 선물 보따리를 펼쳤다.

"바사니오 나으리가 포샤 아가씨께 드리는 선물입니다."

"이야!"

선물을 본 네리샤는 화들짝 놀라는 얼굴이었다.

"아름답고 멋지고 값진 것입니다. 이건 아라비아 양탄자, 요건 중국산 비단이에요. 저건 터키의 보석이지요."

선물을 전한 그라시아노는 네리샤와 이야기를 나누다가, 이튿날 바사니오와 함께 오기로 하고 포샤의 집을 나왔다.

네리샤는 안으로 뛰어들며 포샤에게 소리쳤다.

"아가씨, 맞았어요! 베니스의 그분이에요. 아가씨가 기다리시던 그 바사니오 나으리가 내일 오신대요. 오늘 온 두 분은 그 심부름으로 오셨는데, 그라시아노라는 분은 말에서 내리는 모습부터 멋졌어요. 저는 아직 그처럼 잘생기고 멋진 사절을 맞아 본 적이 없어요. 말솜씨도 아주 정중하고 당당하던데요."

"그래? 그 바사니오 씨가 청혼을 하러 오신다고 했단 말이지? 아이, 그런데 그분에게까지 제비뽑기로 실망을 안겨 주게 되면 어쩌지? ……그건 그렇고, 넌 바사니오 씨의 사자를 보고 왜 그렇게 야단이니?"

"어쨌든, 사랑의 신이 축복을 내려 주실 것 같아요."

"그만둬. 그렇게 입에 침이 마르도록 사자를 칭찬하는 걸 보니, 나중에는 그분이 네 친척뻘이라고 하겠구나."

"그것뿐이 아니에요. 아가씨께 전해 달라며 가져온 이 선물을 좀 보세요. 아가씨가 좋아하실 것만 있는 걸요."

네리샤가 선물 보따리를 펴 보였다.

포샤의 얼굴에 활짝, 장미꽃보다 더 아름다운 미소가 돌았다.

이튿날이었다.

"청혼자를 맞을 준비를 하자."

포샤는 다른 청혼자가 왔을 때와는 달리 아침부터 몸치장과 옷치장에 바빴다.

곧 바사니오와 그라시아노가 왔다.

인사를 나눈 다음, 그라시아노는 네리샤와 이야기를 하도록 두고, 포샤는 바사니오와 마주 앉았다.

"포샤 아가씨, 이제는 상자가 있는 방으로 안내해 주시지요. 신에게 해야 하는 맹세는 이미 마쳤습니다."

그러자 포샤가 말렸다.

"이틀쯤 쉬신 뒤에 운명을 시험해 보세요. 한두 달 이곳에 머무르시다가 제비를 뽑으시면 더욱 좋겠지요. 선택에 실패할 수도 있을 텐데, 그렇게 되면 바사니오 씨는 바로 이곳을 떠나야 합니다. 우리는 다시 만나지 못하게 될 수도 있어요. 그러니까 며칠이라도 쉬면서 생각하세요."

그러나 바사니오는 재촉을 할 뿐이었다.

"제비를 뽑게 해 주세요. 지금 같아서는 고문을 당하고 있는 심정입니다. 저는 그저 포샤 아가씨를 사랑할 뿐입니다. 그래서 이런 고문을 당하고 있어요. 행복한 고통이라고나 할까요."

포샤는 어쩔 수 없이 상자가 있는 방의 커튼을 젖혔다.

"그럼, 저 세 개의 상자 중에서 제 초상화가 담긴 것을 고르세요. 당신이 정말 저를 사랑한다면 초상화가 담긴 상자를 고를 수 있을 거예요."

포샤는 악사를 불러 바사니오가 상자를 고를 동안 조용한 음악을 연주하게 하였다.

"만약 바사니오 씨가 실패하면 음악 속에서 천천히 사라져 가시게 하고 싶다. 성공할 경우, 충성스런 신하들이 제왕의 자리에 오르는 임금에게 바치는 음악을 연주해야 되겠지."

포샤는 말을 이었다.

"이제 상자를 고르러 가시는군. 젊은 헤라클레스가, 트로이 왕이 바다의 괴물에게 바친 딸을 구하는 모습과도 같이 늠름하구나. 헤라클레스여, 우리는 한 배를 탄 사람입니다. 싸우는 당신보다 지켜보는 내가 더 괴롭구려."

바사니오는 상자를 찬찬히 살피면서 혼잣말로 노래를 읊었다.

사랑이 자라는 곳은 어딜까?
가슴일까, 머릿속일까?

사랑은 어떻게 태어나
무얼 먹고 자랄까?
대답해 보아라.

사랑은 눈에서 생겨
눈빛을 받아먹고 살다가
요람에서 쓰러진다네.
우리 모두 조종을 쳐서
사랑이 죽었음을 알리자꾸나.
내가 먼저 시작하지.
딩! 동! 댕!

바사니오는 금 상자를 놓고 생각에 잠겼다.

'겉모습은 속과 다를 수도 있어. 사람들은 말쑥한 겉모습에 속으면서도 까맣게 모르지. 나쁜 사람들이 죄를 짓고도 착한 일을 많이 했다는 말을 만들고, 겁쟁이일수록 멋진 수염을 달고 큰소리를 친다. 미인의 경우도 그렇지. 화장품을 얼마나 썼느냐에 따라 예쁘고 안 예쁘다는 기준을 만든다. 한 마디로 겉치레는 바른 사람을 넘어뜨리는 허울 좋은 진리다.

미다스왕이 만지는 것마다 금이 되었을 때, 먹어야 할 음식까

지 금이 되었을 때, 왕은 너를 버렸다. 나 역시 금 상자 너를 고르지 않으련다.'

바사니오는 이런 생각을 하며 금 상자를 지나쳤다.

그는 은 상자와 납 상자를 놓고 생각했다.

"금과 같이 놓일 수 있는 은, 너도 내가 골라야 할 것이 못 된다. 남은 것은 납, 값이 싸고 천박해 보이는 납이여! 너의 소박한 모습에 내 마음이 끌리는구나. 너는 우리 생활을 도와준다. 구멍을 때워 주고, 부서진 데를 고쳐 주지. 나를 감동시키는 납, 나는 너를 택하리라. 기쁜 열매가 열리기를……!"

그는 납 상자를 열기로 결정했다. 그러나 서둘러 열지는 않았다. 납 상자를 선택한 자는 자기 것 모두를 내어놓고 모험을 해야 한다는 글귀를 다시 읽었다. 앞으로 크나큰 어려움이 닥칠지 모른다는 생각을 하기도 했다. 그렇다 해도 그것은 이미 정해진 운명이니 기꺼이 받아들이겠다고 마음먹었다.

바사니오가 납 상자를 고른 것을 보고, 포샤는 마음속에서 두다당 동동 발을 구르는 기쁨을 누를 수가 없었다.

'이제 조마조마했던 감정이 다 사라졌구나. 떨리는 두려움도 녹아 버렸다. 이 기쁨을 억눌러 들뜨지 않게 해야 한다. 지나친 축복을 경계해야 한다. 축복이 지나치면 환난이 올 수도 있다.'

그 사이에 바사니오는 납 상자를 열었다. 포샤의 초상화가 나왔다. 그는 기쁨을 감추지 않고 당실당실 어깨춤을 추었다.

"야아, 아름다운 포샤의 초상화가 여기 있네!"

납 상자에 놓여 있는 포샤의 초상화는 참으로 아름다운 예술품이었다.

"신의 재주를 지닌 사람이 아니라면 미녀를 이처럼 실물같이 그리지는 못했으리라. 눈이 움직이네. 눈동자가 빛나고 있군. 입술에서 입김이 나오고 있군. 입술이 움직이는군. 금발은 사람들의 마음을 사로잡는구나. 보아라! 내가 아무리 칭찬을 해도 이 그림의 진가에는 이르지 못하리."

초상화에는 글이 쓰인 두루마리가 놓여 있었다.

그는 두루마리를 폈다.

겉모습을 보고 고르지 않은 자는

현명한 선택을 한 것이고

더할 수 없는 기회를 맞이할지어다!

이제 행운이 그대에게 왔으니

만족하라.

이를 기뻐하고 최대의 축복으로 여긴다면

당신의 아가씨에게로 가서
사랑의 입맞춤을 하고 그녀를 차지하라!

바사니오는 포샤에게 갔다.

"아름다운 아가씨, 여기 적힌 대로 당신을 맞으러 왔소. 당신이 말해 주기 전에는 이 황홀한 순간이 꿈인지 생시인지 분별이 되지 않소."

"저는 당신이 지금 보시는 모습 그 이상 아무것도 아닙니다. 그저 당신을 위해서라면 스무 배의 세 배쯤 더 아름다워지고 싶어요. 오로지 바사니오 씨만을 위해서 교양과 지혜를 갖춘 현숙한 여인으로, 헤아릴 수 없을 만큼 훌륭해지고 싶어요. 지금부터 더 배우겠습니다. 무엇보다 다행인 것은 제 성품이 거칠지 않다는 것입니다."

포샤는 바사니오를 맞으면서 말을 이었다.

"이제 당신은 저의 주인이요, 지배자입니다. 저의 왕이세요. 저의 소유물, 이 아름다운 저택, 심부름꾼과 재산 모두가 이 순간부터 바사니오 씨 당신의 것입니다."

포샤는 자기 손에 끼었던 반지를 빼어 들고 말했다.

"제가 가진 모든 것과 함께 이 반지를 드립니다. 만약에 이 반

지를 떼어 놓거나, 잃어버리거나, 남에게 주어 버린다면 저에
대한 당신의 사랑이 끝난 것으로 여기겠습니다.”

포샤는 바사니오의 손가락에 반지를 끼워 주었다.

“포샤! 당신의 말씀이 너무 황홀하기 때문에 저의 피만이 혈관
속에서 당신과 이야기를 하고 있소. 제 정신이 지금 혼란스럽게
뒤엉켜 있소. 훌륭한 왕이 연설을 끝냈을 때 청중이 얻는 기쁨
같은 것이오. 지금 제 앞에는 기쁨의 벌판뿐이오. 무어라 표현
할 수가 없소. 이 반지가 제 손가락에서 떨어져 나간다면, 그때
는 제 생명도 거기에서 떨어져 나가는 것이오. 그때 당신은 바
사니오가 이미 죽었다고 말하시오!”

이것은 바사니오가 포샤의 반지를 굳게 지니고 있겠다는 맹세
였다.

두 사람이 사랑을 맹세하고 있는 거기에 네리샤와 그라시아노
가 나타났다.

네리샤가 먼저 입을 열었다.

“저희들이 축하 말씀을 드릴 때가 된 것 같습니다. 저희는 두
분의 사랑이 굳게 이루어지기만을 기다리고 있었지요. 두 분께
진심으로 축하를 드립니다.”

그 말에 이어 그라시아노가 활짝 웃으며 말했다.

"바사니오! 포샤 아가씨와 함께 세상에 존재하는 기쁨을 모두 누리기를 바라네. 더 이상의 축하 말을 할 수가 없네. 아, 그리고 두 사람이 결혼식을 올리는 날, 곁들여서 나도 결혼을 하게 해 주게나."

"그거 좋지, 상대가 있다면야."

"있지. 한 사람을 이미 구해 놓았네. 내 눈도 자네의 눈만큼이나 빠르다네. 자네가 포샤 아가씨와 이야기하며 상자를 고르는 동안 나는 이 아가씨와 마음을 주고받았다네. 그리하여 그만 장래의 일까지 약속을 하고 말았다네."

그라시아노가 가리키는 상대 여성은 바로 포샤의 하녀 네리샤였다.

"그것 참 축하할 일이네요. 잘됐어, 네리샤."

포샤가 네리샤를 향해 웃으며 말했다.

"자네도 성미가 급하지만 나도 질질 끄는 성격이 아니거든. 나도 내 아가씨에게 사랑의 맹세를 하였고, 사랑의 약속을 받아 냈네. 사랑의 반지도 얻었지. 그것은, 바사니오 자네가 포샤 아가씨와 결혼하게 된다면 저 아가씨의 사랑을 내가 차지하기로 한다는 것이었네. 자네의 운에 내 운수가 따른 것이지. 나도 운명의 상자를 뽑은 셈이야."

네리샤가 말했다.

"아가씨, 그라시아노 씨의 말씀은 사실입니다. 아가씨가 허락해 주실지는 모르겠지만요."

포샤가 네리샤와 그라시아노의 결혼을 허락하자 바사니오가 말했다.

"친구 그라시아노와 네리샤 씨의 결혼으로 우리 결혼식이 더 빛나겠는걸!"

"아니지, 바사니오와 포샤 아가씨의 결혼으로 우리 결혼식이 더 빛나게 된 거지."

그라시아노의 말이었다.

이렇게 하여 두 쌍의 부부가 동시에 한 자리에서 결혼식을 하기로 결정을 했다.

"벨몬트에서 큰 화제가 되겠군요. 당신이 사랑의 상자를 뽑은 것도 그렇고요."

포샤는 결혼식 준비를 서둘렀다.

어두운 소식들

　한편 베니스의 솔레이니오와 살레리오는 바다를 바라보며 안토니오에 대해 걱정을 하고 있었다.

　"상업 거래소에서 무슨 소식이라도 있던가? 안토니오의 배가 돌아올 때가 지났는데 말일세."

　솔레이니오가 물었다.

　"많은 물건을 실은 안토니오의 첫 번째 배가 좁은 해협에서 파선되었다는 소문이 있을 뿐이야. 굿윈즈라는 곳인데, 오래전부터 수많은 배가 그곳에서 침몰하여 큰 배의 시체들이 수두룩하게 바다에 잠겨 있다는군."

　"보름 전에 돌아왔어야 할 배인데……."

“헛소문이라면 얼마나 좋을까?”

그때 수전노 샤일록이 다가왔다.

“샤일록 씨, 상인들 사이에 무슨 소식이 좀 있소?”

그러자 샤일록이 버럭 화를 냈다.

“당신들이 더 잘 알 거 아니오? 내 아이를 꾀어서 달아나게 한 것도 당신들 아니었소?”

“다 큰 딸을 가지고 뭘 그러시오? 스스로가 알아서 한 거지요. 새가 크면 자연히 둥지를 떠나는 것 아닙니까?”

“둥지를 떠나다니? 새가 재산을 훔쳐 가지고 둥지를 떠나는 걸 봤소?”

샤일록은 이들이 제시카와 같이 달아난 로렌조의 친구인 까닭에 하는 말이었다.

“샤일록 씨, 그건 그렇고 안토니오에 대해서 들은 소식은 없어요?”

그 말에 샤일록은 힘을 얻는 듯했다.

“안토니오에게 파산자, 신용 불량자라는 딱지가 붙을 날이 머지않게 되었소. 상업 거래소에는 얼굴조차 내밀 수 없게 된 거죠. 배는 돌아오지 않았고 돈 갚을 기한인 석 달이 닥쳐오고 있소. 거들먹거리며 거래소에 나타나 나에게 고리대금업자라고 몰아세우더니 이젠 풀이 죽어서 그곳에도 나타나지 않소. 내가 보아도 처음부터 잘못된 거래였소. 안토니오에게 차용 증서에 쓰인 글귀나 생각하고 있으라고 하시오."

"만약의 경우가 닥치더라도 샤일록 씨는 설마 차용 증서에 쓰인 것처럼 안토니오의 살을 베지는 않겠지요? 도대체 사람의 살을 베어다 무엇에 쓰겠어요?"

샤일록은 잔인하게 대답했다.

"안토니오의 살을 미끼로 고기를 낚으려고요. 복수를 한다는 건 통쾌한 일이지. 암, 통쾌하고말고. 그는 나에게 모욕을 주었소. 복수를 해야지요. 그뿐만 아니라 나는 그 사람에게 선심을 쓰느라 이자 없이 3,000다카트를 석 달이나 꾸어 주었소. 이자에 대한 손해가 얼마나 엄청난지 알기나 하오? 그때 안토니오는 나의 손해에 대해 좋아하며 웃었소. 내 이익에 대해서는 조롱을 했어요. 또한 내 원수를 선동하여 내 재산을 훔쳐 달아나게 했소. 이런 사람에게 어찌 관용을 베풀 수 있단 말이오?"

샤일록은 안토니오가 돈 갚을 기한을 어기기만 하면 차용 증서에 적힌 대로 살 1파운드를 베어 내겠다는 말을 되풀이했다.

"열흘 남았군."

샤일록은 차용 증서를 들여다보며 손을 꼽고 있었다.

“이제 아흐레 남았군. 으흐흐흐, 제발 날짜가 빨리 갔으
면…….”

샤일록은 제노바에 볼일이 있어 간다는 튜발에게 돈을 두
둑이 주면서 당부했다.

“내 딸이 그쪽으로 도망쳐서 살고 있다는 소문이 있네.
제노바에 가거든 좀 찾아봐 주게.”

며칠 뒤 제노바에 다녀온 튜발이 고개를 저으며 말했다.

“제노바를 뒤지다시피 했지만 제시카는 보이지 않았네.

아무래도 그곳에는 없는 것 같아.”

“그 애가 훔쳐 간 다이아몬드 귀고리 하나는 보물 중의 보물인데 완전히 잃었군. 거금 2,000다카트를 주고 프랑크푸르트에서 산 건데 말일세. 그것 말고도 귀하고 소중한 보석들을 훔쳐 갔지. 설혹 그애가 내 발밑에서 죽더라도 눈 하나 꿈쩍 않겠지만, 그 보석만 생각하면 내 숨이 다 넘어가는 것만 같네. 이것은 나에게 떨어진 저주이며 불행일세. 불행이란 불행은 모두 내 어깨 위에 떨어져 있고, 한숨이란 한숨은 모두 내 입에서 나오고, 눈물이란 눈물은 모두 내 눈에서 흘러나오는군.”

샤일록은 몇 번이나 한숨을 쉬었다.

“아니, 불행은 누구나 겪는 거 아닌가. 참고 견뎌 보게. 내가 제노바에서 들은 불행한 소식이 한 가지 있네. 그러나 자네에게는 기쁜 소식이 될 거야.”

“기쁜 소식이라니?”

“트리폴리에서 돌아오던 안토니오의 두 번째 상선도 파선이 되었다는군.”

그 말에 샤일록은 벌떡 일어서더니 기쁨을 참지 못했다.

“튜발, 그게 정말인가? 오, 하느님, 감사합니다! 하느님, 감사합니다!”

"조난을 당한 배에서 구사일생으로 목숨을 건진 선원 몇 사람을 만났네. 그들 말에 따르면 파선된 것이 확실하네."

"그래, 그래! 고맙네, 튜발. 그것이 틀림없이 안토니오의 두 번째 상선이라던가? 첫 번째 배는 얼마 전에 침몰했지. 두 번째 배까지 파선이 됐다면 이건 하느님께서 나를 돕는 거야. 내게도 모처럼 희소식이 날아드네그려!"

샤일록은 금방 웃는 얼굴이 되었다. 안토니오가 망하게 된 소식이, 그에게는 지옥에서 천사를 만난 것만큼이나 기뻤다.

튜발은 계속해서 샤일록에게 기쁜 소식을 전했다.

"베니스로 돌아오다가 안토니오에게 돈을 꾸어 준 몇 사람에게 들은 이야기인데, 안토니오는 이제 파산할 수밖에 없다고 하더군."

"그럼, 그럼, 그렇게 되어야지. 나도 그렇게 생각하고 있네. 이제 나를 괴롭히던 놈에게 원수를 갚을 수 있게 되었어."

샤일록은 자꾸 웃음이 나오는 것을 어쩌지 못했다.

샤일록은 베니스 공작 밑에서 일하는 관리에게 뇌물을 듬뿍 주어 매수해 놓기까지 했다. 안토니오가 계약을 지키지 못할 때는 그날로 감옥에 가두기 위해서였다.

"재판을 해서 차용 증서에 적힌 그대로만 하는 거다. 그놈의

심장을 도려 내고 말 거야. 그놈만 베니스에서 없어지면 내가
마음놓고 살 수 있단 말일세."

샤일록은 만세를 부르고 싶은 마음이었다.

살레리오와 솔레이니오는 안토니오의 집을 향해 바삐 걸었다.
안토니오에게는 첫 번째 배에 이어 두 번째 배까지 침몰되었다
는 전갈이 이미 와 있었다.

"두 번째 배까지 그렇게 되다니! 정말 믿을 수 없는 일이네. 그
손해가 도대체 얼만가?"

두 친구가 같이 놀라며 물었다.

"손해가 문제인가? 샤일록에게 빚을 갚아야 할 날이 바로 코
앞에 닥쳤는걸. 세 번째 배가 올 때쯤이면 이미 늦는다고. 샤일
록이 공공연히 내 심장을 베겠다며 떠들고 다닌다네."

두 친구는 아직 배 두 척이 남아 있으니 기다려 보자며 안토니
오를 위로했다.

안토니오는 오히려 친구 바사니오를 걱정했다.

"그 친구가 떠난 지 거의 석 달이 다 되었는데 아무 소식이 없
네. 일이 잘못되어 돌아오지 못하는 건 아닌지 궁금하기 짝이
없군."

그런데 안토니오에게 정말 좋지 않은 소식이 전해졌다. 며칠

뒤, 나머지 두 척마저도 바다에서 실종되고 말았다는 것이다.

"이거 망했군! 이제 나는 샤일록의 먹이가 되고 말 거야!"

그러는 사이에 돈 갚을 기한이 지나고 말았다.

샤일록은 기한이 지난 이튿날 일찌감치 고소장을 가지고 공작을 찾아갔다.

"안토니오가 제게 돈 갚을 기한이 어제로 지났습니다. 소송을 하겠습니다."

공작은 반갑지 않은 이 말썽꾼을 어떻게 달랠까 생각하며 물었다.

"꾸어 준 돈을 받겠다는 건가요, 아니면 차용 증서에 쓰인 조건대로 할 건가요?"

"차용 증서에 쓰인 그대로 안토니오의 살 1파운드를 떼어 내야지요."

"그러면 사람이 상하지 않소? 안토니오는 정직하고 동정심이 많은 사람이오. 결코 빚을 갚지 않을 사람이 아닌데, 꼭 그렇게 못할 짓을 해야겠어요?"

공작은 조용히 샤일록을 타일렀지만 막무가내였다.

"법대로만 하려는 것입니다. 더는 묻지 마십시오."

"며칠만 다시 생각해 보시오. 이래서는 안 돼요."

그러면서 공작은 고소장을 되돌려주려 했다.

"안 됩니다. 법대로 하는데 무슨 잘못이 있습니까? 공작께서 피고의 편을 드시는 것은 아닙니까? 공작께서는 공정하셔야 될 줄 압니다."

"누구의 편을 드는 것이 아니오. 어쨌든 이 고소장은 내가 보관하겠소. 며칠만 더 생각해 보시오."

"안 됩니다. 접수를 하십시오. 고소를 받아 주지 않는다면 베니스의 법은 무엇 하러 있는 것입니까?"

그때 샤일록이 부탁을 해 놓았던 아랫사람이 나서서 고소장을 접수하였다. 이렇게 하여 송사가 시작되었다. 샤일록은 기쁜 마음으로 돌아가며 혼자 중얼거렸다.

"안토니오 이놈, 너는 생명이 며칠 남지 않은 걸 슬퍼해야 할 거다."

샤일록은 만나는 사람마다 이 끔찍한 소송을 자랑삼아 이야기했다. 그러자 이 소식이 금방 베니스 안에 화제가 되었다.

"그 고리대금업자가 빚 대신에 사람의 살 1파운드를 베어 낸다지?"

"글쎄 그 샤일록이라는 자는 사람으로 볼 수가 없어."

"어쩌면 그렇게 잔인한 일을 할 수 있을까?"

　샤일록이 끔찍한 조건을 내세워 고소장을 낸 게 사실임이 알려지자 상인들이 웅성거리기 시작했다.

　"저 사람은 돈을 받으려는 게 아니야. 애초부터 안토니오를 죽이려고 꾸민 음모야. 자신의 고리대금업에 방해가 되는 사람을 죽인 다음, 편하게 돈놀이를 하려는 수작이라니까."

　평소에 안토니오에게 호감을 갖고 있던 많은 사람들이 나누는 말이었다.

　상인들과 지식인 스무 명이 모여서 샤일록에게 송사를 취하하도록 권하는 글을 쓰고 그 아래에 서명을 했다. 그리고 샤일록에게 가서 글을 전하고 선처를 부탁했다.

　샤일록은 가지고 간 탄원서를 찢어 내던지며 소리쳤다.

　"나는 법을 따를 뿐이오. 약속을 지키지 않는 사람에게 합당한 대가를 치르게 하는 것일 뿐이오."

　탄원을 하러 갔던 스무 사람은 도리 없이 물러나고 말았다.

　샤일록은 공작이 고발당한 안토니오를 감옥에 가두는지 어떤지를 매일 살폈다.

　그러던 어느 날, 샤일록이 공작을 찾아왔다.

　"베니스의 법에는 죄지은 사람은 재판을 받기 전이라도 감옥에 가두기로 되어 있는 줄 압니다. 안토니오는 지은 죄가 분명

한데 왜 감옥에 가두지 않습니까? 이러다가 저 도둑이 달아나면 어쩌려고요?”

“안토니오는 결코 달아나지 않으리라고 생각합니다. 그러나 샤일록 씨가 그렇게 간곡하게 원하니까 수일 내로 감옥에 가두지요. 그리고 훌륭한 법관에게 판결을 부탁해 두었으니 안심하십시오.”

“안 됩니다. 내일이라도 당장 가두어야 합니다.”

“예, 그렇게 하지요.”

샤일록은 공작에게 다짐을 받고서야 물러섰다.

감옥에 갇혀야 하고, 재판을 받으면 생명을 잃게 될 안토니오는 마지막으로 바사니오가 보고 싶었다.

“살레리오, 친구를 위해 수고를 좀 해 주게.”

안토니오는 살레리오에게 편지를 주어 벨몬트로 보냈다.

두 쌍의 결혼식

바사니오는 안토니오가 그처럼 큰 수난을 당하고 있다는 사실을 모르고 있었다. 지금쯤은 돌아온 상선이 벌어들인 돈으로, 샤일록에게 빌린 돈을 모두 갚았을 거라고 생각했던 것이다. 그러나 그것은 오산이었다.

바사니오가 결혼식 준비로 바쁜 어느 날, 살레리오와 로렌조, 그리고 제시카가 함께 바사니오를 찾아왔다.

살레리오는 안토니오의 편지를 가지고 벨몬트로 오는 도중에 우연히 로렌조와 제시카를 만났다. 두 사람은 벌써 결혼 의식을 치르고 부부가 된 사이였다.

"아니, 이게 누군가? 이렇게 만나니 정말 반갑군. 나는 지금 벨몬트로 가는 길일세. 바사니오를 찾아가는 길이지. 부인도 모시고 함께 가 보세. 자, 어서 가자고."

바사니오와 그라시아노는 반색을 하면서 세 사람을 맞았다.

"어서 오게, 살레리오 친구. 그리고 로렌조 내외분도!"

잠시 후, 포샤와 네리샤가 얼굴을 내밀었다.

바사니오는 포샤를, 그라시아노는 네리샤를 소개했다.

"저희 집을 찾아 주신 세 분을 환영합니다."

포샤와 네리샤가 입을 모아 반겼다.

헤어진 지 불과 석 달이었지만, 이들은 마치 새로운 세상에서 다시 만난 것처럼 감격해하며 반가워했다.

"안토니오 친구는 어떻게 지내는가?"

바사니오와 그라시아노가 안토니오의 안부부터 물었다.

"글쎄, 그에 대해서는 차츰 이야기하겠네. 먼저 두 사람의 지난 이야기부터 들어보세."

"우리 두 사람 모두 행운을 얻었다네. 나는 운명의 상자를 골라서 포샤 아가씨를 신부로 맞이하게 되었고, 그라시아노는 포샤 아가씨를 모시던 네리샤 아가씨와 결혼을 하기로 했다네. 우리는 같은 날 같은 곳에서 혼례식을 치르기로 하고 지금 한창 준비 중일세. 방금 소개했던 저 두 분이라네."

바사니오가 얼굴 가득 웃음을 띤 채 설명했다.

"기어이 성공했군. 자네를 여기까지 보내는 데 주역을 맡은 안토니오 친구가 알면 얼마나 기뻐하겠나. 정말 축하하네!"

"우리 두 사람의 성공은 그리스 신화의 이아손에 비길 만하네. 이아손이 펠리아스왕의 명령을 받고 황금 양털을 가져오지 않았나? 우리도 그에 견줄 만큼 대단한 모험을 했지. 바사니오의 슬기로 승리자가 되었고, 나도 덕택에 승리자가 되었어."

그라시아노의 말이었다.

"모험 끝에 얻은 승리라야 빛나고 값지지 않은가!"

반갑게 인사를 마치고 나서, 살레리오가 안토니오의 급한 소식을 털어놓았다.

"먼저 안토니오는 따뜻한 마음으로 두 분께 안부를 전한다고 했네. 사실 나는 안토니오의 사자로 여기 왔네. 로렌조와 제시카 아가씨는 도중에 우연히 만나 함께 온 거라네. 지금 안토니오는 샤일록에 의해 목숨을 잃을 지경에 처해 있다네."

살레리오는 안토니오의 편지를 바사니오에게 전했다.

바사니오는 편지를 뜯기 전, 안토니오에 대한 것을 물었다.

"그렇다면 이 편지에는 가슴 아픈 사연이 적혀 있겠군. 그런데 안토니오의 상선들은 돌아왔는가?"

"한 척도 돌아오지 못했네. 불행하게도 두 척은 파선이 되었다는 소식이고, 다른 두 척은 행방불명이 되었다네."

"저런!"

"빚 갚을 길이 막연해진 걸 알게 된 샤일록은 안토니오를 다잡기 시작했네. 차용 증서에 적힌 대로 1파운드의 살을 떼어 내겠다는 거지."

바사니오의 얼굴이 옥양목처럼 창백해졌다.

포샤와 네리샤는 세 사람이 나누는 이야기를 듣고 보통 일이 아니라는 걸 깨달았다.

그때, 바사니오가 포샤에게 자초지종을 낱낱이 털어놓았다.

"사랑하는 포샤, 이 편지의 사연은 읽지 않아도 알 수가 있소. 당신에게 고백을 할 때 나는 가진 것이라고는 혈관에 흐르는 피뿐이라 하고, 재산은 아무것도 없다고 했소. 그러나 사실은 그보다 더한 가난뱅이였소. 재산이 하나도 없을 뿐만 아니라 엄청난 빚까지 지고 있소. 실은 여기 오는 비용을 마련하기 위해 친한 친구에게 보증을 서게 하고 고리대금업자에게 돈을 꾸었소. 차용 증서에 끔찍한 조건을 달아서 말이오. 그 친구는 네 척의 상선이 트리폴리와 멕시코, 영국의 리스본, 인도를 돌아올 예정이었는데, 거기 투자한 돈을 믿고 보증을 선 것이었소. 그런데 그 배가 한 척도 제대로 돌아오지 못하게 되었다는구려. 아, 이 일을 어찌 해야 한단 말이오?”

바사니오는 포샤 앞에서 한숨을 토했다.

잇따라 한숨을 내쉬던 살레리오가 입을 열었다.

“샤일록이 공작님을 찾아가서, 돈 갚는 기한이 지났으니 당장 안토니오를 잡아 가두고 재판을 열라며 조르고 있다네. 안토니오의 사정을 딱하게 여긴 상인과 유명 인사 스무 명이 샤일록을 설득했지만 뜻을 이루지 못하고 말았네. 공작님까지 나섰지만 허사였어.”

그때 제시카가 나섰다. 먼저 자기 아버지가 벌인 일이라 죄송하고 부끄럽다는 말을 하고 나서, 자신의 아버지와 그 친구 튜발과 츄스가 함께 나누는 이야기를 엿들은 일이 있다고 했다. 그때 자기 아버지는 돈 갚는 기한을 하루만 어겨도 안토니오의 살을 베겠다고 했다는 것이다.

“제가 아버지 대신 죄인이 된 마음입니다. 베니스의 공작님도 어찌 할 수가 없으니 안토니오 씨는 화를 입게 될 텐데, 이를 어쩌면 좋습니까?”

샤일록의 딸 제시카의 말에 따르면 안토니오가 해를 입을 것은 두말 할 나위가 없어 보였다.

포샤는 편지를 읽어 달라고 하였다.

바사니오가 떨리는 목소리로 편지를 읽었다.

사랑하는 친구 바사니오에게

별 탈 없이 건강한지, 그리고 포샤 아가씨와의 일은 잘 이루어졌는지 궁금하기 짝이 없네. 원하는 대로 꼭 이루어지기를 기도하고 있네.

안타까운 일이지만, 내 상선은 다 돌아오지 못하게 되었네.

거기 투자한 빚쟁이들은 나날이 사나워지고 있네. 때문에 내 입장이 아주 난처해지고 말았네.

샤일록에게 돈 갚을 기한이 벌써 지났을 뿐 아니라, 그 빚을 갚을 도리 또한 없으니 이제 내 목숨을 내주는 수밖에 달리 방법이 없네.

어차피 죽음이란 빠르고 늦을 따름이니 그리 애석할 것은 없네만, 죽기 전에 자네를 한번 보는 것이 마지막 소원일세.

자네 얼굴을 보는 것만으로도 한없이 기쁠 것이니, 이 일로 스스로를 부끄러워하거나 괴로워하지는 말게.

나를 아끼고 사랑하는 마음에서 온다면 고맙지만, 이 편지 때문에 일부러 무리해서 오지는 말게.

언제나 신의 축복 속에서 지내길 빌며 이만 줄이네.

　　　　　　-변함없이 친구 바사니오를 사랑하는 안토니오-

편지를 읽고 나자, 포샤는 안토니오가 어떤 사람인지 물었다.

"그는 친절과 의리를 으뜸으로 여기며 살아가는데다, 누구보다 옛 로마인의 명예를 지키는 사람이오. 그런 친구를 3,000다카트 때문에 잃게 되었으니 나 자신이 원망스러울 뿐이오."

"겨우 그것뿐이라면 제가 6,000다카트를 내겠어요. 6,000다카트의 두 배, 세 배, 아니 스무 배라도 내겠습니다. 그처럼 훌륭한 친구라면 머리카락 한 올도 다치게 해서는 안 됩니다. 바사니오 님, 지금 당장이라도 베니스로 떠나셔야 합니다. 그러자면 결혼식부터 올려야지요. 그래야만 제가 가진 재산이 바사니오 님의 것이 될 테니까요. 이 재산으로 어서, 친구에게 진 빚을 갚으십시오."

포샤의 말은 당당하였다.

이들은 곧바로 혼례식을 치르기 위해 성당을 찾았다. 바사니오와 포샤의 결혼식은 순식간에 끝났다. 예정대로 그라시아노와 네리샤의 혼인 서약도 한 자리에서 이루어졌다. 주례를 선 신부의 축복 아래 두 쌍이 결혼식을 간소하게 마쳤다.

바사니오, 그라시아노, 살레리오는 곧 베니스로 떠날 채비를 했다. 이들을 배웅하며 포샤 부인은 간절한 표정으로 말했다.

"네리샤 부인과 저는, 친구분의 일을 원만히 처리하고 돌아올

때까지 수도원에 가 있을게요. 주님의 은총을 세상에 비추어 주사, 하루 내내 기도하고 묵상하겠습니다. 집안일은 로렌조 씨와 그 부인에게 맡기겠습니다. 어서 빨리 떠나세요!"

로렌조와 그 부인 제시카는 바사니오를 비롯한 친구들과 포샤 부인에게서 큰 감동을 받았다. 그러면서도 제시카는 이런 사건이 자신의 아버지 샤일록에 의해 저질러진 데 대해 너무 마음이 아팠다.

제시카가 포샤에게 말했다.

"특히 포샤 부인한테서 감동을 받았습니다. 부인은 남편의 성스러운 우정을 위해서 참된 생각을 갖고 있습니다. 그래서 부군이 안 계신 시간을 침착하게 참아 내기로 결정하신 것이겠지요. 그러나 안토니오 씨가 부군에게 얼마나 귀중한 친구인지, 얼마나 진실한 신사인지를 알게 되면, 부인의 이번 선행이 참으로 값진 것이었다는 사실을 확실히 느끼실 겁니다."

"나는 지금까지 좋은 일을 하고 나서 후회해 본 적이 단 한 번도 없어요. 안토니오라는 분이 내 남편의 소중한 친구라면 외모나 태도는 물론 정신적으로도 내 남편과 닮아 있을 겁니다. 그런 분을 구하는 일이라면 지옥의 고통이라도 달게 받아야지요."

포샤는 로렌조 내외에게, 남편이 돌아올 때까지 집안 관리와

운영을 맡아 달라고 부탁하였다. 그리고 자신은 네리샤와 함께 가까운 수도원으로 가겠다며 집을 나섰다.

"대단히 미안하지만 저희가 돌아올 때까지 우리 집을 좀 맡아 주십시오."

로렌조와 제시카 내외는 포샤의 부탁을 받아 집을 지키기로 하였다. 제시카의 아버지 때문에 생긴 사건이어서 마음의 부담을 더는 기회이기도 했다.

포샤는 집안 사람들에게, 모든 것은 로렌조 내외의 지시에 따르도록 하고 내외를 주인처럼 모시도록 당부했다.

네리샤와 함께 집을 나서면서 포샤는 스테파노라는 정직하고 재빠른 하인 한 사람을 데리고 나왔다.

포샤가 집을 나온 것은 나름대로 멋진 계획을 하고 있었기 때문이었다. 수도원으로 간다는 말은 집을 비우는 핑계에 지나지 않았다.

포샤에게는 법학 박사인 사촌 오빠가 있었는데, 그는 법관을 겸하고 있었다. 벨라리오 박사라 불리는 이 사람은 이웃 나라에까지 널리 알려져 있었는데, 포샤는 그를 통해 많은 법을 익혔고 법정에서 재판하는 것을 보고 배워 왔다. 그래서 넉넉히 판사 노릇을 할 수 있다고 생각했다.

포샤는 스테파노에게 준비한 편지를 주면서 말했다.

"이 편지를 가지고 속히 파도바로 가게. 내 사촌 오빠 벨라리오 박사에게 전한 다음, 그분이 주는 옷과 편지를 받아 가지고 내일 아침까지 베니스로 떠나는 부두로 오게. 우리 두 사람은 그 부두에서 자네를 기다리겠네. 서둘러야 하네."

"예!"

크게 대답한 스테파노가 파도바를 향해 걸음을 재촉하였다.

포샤는 벨라리오 박사에게 보낸 편지에 사건의 내용을 적고 어떻게 판결을 내려야 좋을지를 물었다. 또한 법관의 모자와 법관의 예복, 그리고 법관이 재판하는 내용을 기록하는 서기의 옷을 한 벌씩 보내 달라는 부탁도 해 놓았다.

파도바에 도착한 하인은 벨라리오 박사를 찾아갔다.

"이건 공작이 나에게 부탁한 그 소송이군. 급하게 처리해야 할 사건이야."

벨라리오 박사는 스테파노를 기다리게 한 다음, 법전을 뒤져 법조문을 연구해 가면서 편지를 썼다. 판결을 내리는 방법을 적은 것이었다. 그리고 법관과 서기의 예복을 잘 싸서 스테파노에게 주었다.

포샤는 부두가 멀지 않은 곳에 거처를 정하고 네리샤와 함께 앞으로의 일을 의논하며 하인이 돌아오기를 기다리고 있었다.

"네리샤 부인, 내 이야기 잘 들어요."

하녀로 데리고 있었지만 남편을 가진 부인이 되었으므로 포샤는 높임말을 했다.

"우리는 이제 베니스로 가는 겁니다. 거기서 우리는 남편을 보게 될 거예요. 그러나 철저히 우리를 감추어야 해요. 지금부터는 남자로 변장을 해야 하니까, 젊은 남자 목소리를 내는 것부터 연습합시다."

그러면서 포샤 부인은 앞으로 할 일을 남자 목소리로 바꾸어서 이야기했다.

"우리는 베니스의 법정으로 직행하는 거요. 그리고 나는 판사, 네리샤 부인은 판사의 서기가 되는 겁니다. 나는 재판을 하고 네리샤 부인은 기록을 하는 거지요. 멋지게 판결을 해서 법정에 모인 사람들을 놀라게 해 보자고요. 우리는 법정에서 영웅 대접을 받게 될 겁니다."

포샤의 목소리는 영락없이 젊은 남자의 것이었다.

"판결을 어떻게 할 것인가는 벨라리오 박사가 편지에 적어 줄 거예요. 샤일록은 사람을 해치려 했으니 되레 범죄자가 될 겁니다. 안토니오 씨의 살점을 베어 내려 하겠지만 어림도 없지요.

이에 대한 죄목은 이미 생각해 두었어요.”

네리샤는 포샤의 수단에 놀라지 않을 수 없었다.

“그렇게 하면 사람을 살릴 수 있겠네요. 멋진 계책인데요.”

네리샤의 입에서도 청년의 목소리가 나왔다.

“이제부터 우리 둘은 여자에게 없는 것을 다 갖추었다고 생각
해야 되겠지요?”

둘은 마주 보며 허허허허, 남자 목소리로 웃었다.

“좋아, 좋아! 이렇게 목소리를 바꾸면 아무도 우리를 여자로
보지 않을 거야.”

포샤는 준비해 온 남자 옷을 내놓았다. 옷을 갈아입은 두 사람
은 서로를 바라보았다. 누가 봐도 잘생긴 청년으로 볼 만큼 바
뀌어 있었다.

“자, 이것은 남자 구두, 이건 남자 모자, 청년이니까 수염은
없어도 되겠지요?”

두 사람은 남자 구두와 모자도 갖추었다.

“다음은 걸음걸이 연습, 걸음 폭을 넓게 해서 성큼성큼 걸어야
해요. 어깨는 이렇게 움직이고⋯⋯.”

남복으로 변장한 두 여인은 방 안을 돌아다니며 걸음걸이를
연습했다.

"이쯤 하면 걸음걸이도 됐고, 이제 허리에 단검을 차면 감쪽같
지요."

포샤가 단검을 내놓으며 말했다. 반짝이는 칼집에는 멋진 칼
이 들어 있었다.

"남자들이 있는 자리에 가거든 허튼소리를 좀 해야 해요. 그래
야 우릴 이상하게 바라보지 않을 거예요. 이를테면 전쟁터에 나
가 적을 물리쳤다고 큰소리를 치는 겁니다. 또한 따르는 여자들
이 많았지만 죄다 물리치고 상대를 하지 않았다는 이야기도 하
면 좋겠지요. 그런 말로 변죽을 울려야 해요. 어쩌면 이런 남자
의 세상이 여자의 세상보다 훨씬 더 자유로울지도 몰라요."

두 사람은 가장행렬을 할 때처럼 남장을 하고 남자 연습을 하
는 밤이 아주 즐거웠다.

"고리대금업자 샤일록을 반드시 요절내야 해. 자신 있다고.
그런데도 우리의 남편들은 재판이 어떻게 될지 몰라 가슴을 죄
며 걱정하고 있겠지. 어쩌면 울고 있을지도 몰라."

떠들썩했던 밤이 지나고 이튿날 아침이 밝았다. 두 남장 청년
은 시간에 맞추어 마차를 타고 스테파노와 만나기로 한 부두로
나갔다.

스테파노는 벨라리오 박사가 건네준 옷 보따리와 편지를 가지

고 달려왔다. 밤길을 걸어온 듯했다.

그런데 스테파노는 주인이 어디에 있는지를 몰라 두리번거리며 부두를 헤맸다.

"스테파노! 이 사람아, 나 여기 있네."

포샤가 소리쳤다.

"아니, 어떻게 두 분이 다 남자가 되셨어요? 어이쿠, 목소리도 변했네요."

포샤는 편지와 보따리를 받으면서 하인에게 타일렀다.

"고생했구나. 나는 믿네, 스테파노가 우리 두 사람이 남장을 한 채 배를 타더라고 말하지 않으리라고. 우리 두 사람은 지금 수도원에 있는 것으로 이야기해야 돼. 본 것을 그대로 이야기 했다간 큰일 날 줄 알아! 돌아가거든 수도원에서 우리 심부름을 하다가 왔다고 이야기하란 말일세."

"무슨 뜻인지 알겠습니다. 절대로 말씀을 어기지 않을게요."

"좋아, 나는 스테파노를 믿네."

포샤는 스테파노에게 여비를 주어 돌려보냈다.

차를 마시며 이야기를 나누는 동안에 베니스로 떠나는 배가 와서 닿았다.

청년 두 사람이 거드름을 피우며 배에 올랐다.

“베니스로 가는 배가 맞소?”

두 청년은 일부러 큰 소리로 물었다.

검표를 하는 선원이 깜짝 놀라며 굽실거렸다.

“예, 젊은 나으리! 저쪽으로 가서 앉으십시오.”

아무도 두 사람을 여자로 보지 않았다. 말소리와 걸음걸이가 너무도 당당했기 때문이었다.

멋쟁이 남자 차림을 한 포샤와 네리샤는 남자들이 많이 모여 있는 자리로 가서 앉아 바다를 보았다. 여러 개의 돛이 지중해의 바람을 받아 한껏 부풀어 있고, 배는 바다 위를 나는 듯이 달렸다. 바다 가운데 이르러 높은 파도가 뱃전을 때리자, 배가 요동하기 시작했다. 배 위에 놓인 물건들이 이리저리 뒹굴었다.

포샤가 이야기를 시작했다.

“이런 파도는 아무것도 아니야. 내가 해군 장교로 있을 때, 여러 차례 해전에 출전했어. 줄곧 바다에서 살았지. 군선을 타고 지브롤터 해협을 지나서 파도와 싸우며 대서양을 달렸어. 정말 산 같은 파도였지. 배가 물 위에 뜬 나뭇잎처럼 흔들렸어. 아프리카 남쪽 끝 희망봉을 돌아 멀리 인도까지 항해하면서 사나이의 기상을 뽐냈지. 정말 신나는 시절이었어. 하하하!”

포샤가 큰 소리로 지껄이자 옆에 앉은 남자들이 흘끔흘끔 보면서 엿들었다. 물론 남자인 척 가장한 거짓말과 허풍이었다.

이번에는 네리샤가 이야기를 받았다.

"내게는 따르는 여자가 많아서 큰일이야. 그중에는 만나 주지 않으면 목을 매겠다는 여자도 있다고. 예쁜 백작의 딸도 있었지. 결혼만 해 준다면 재산의 절반을 주고, 원하는 걸 다 해 주겠다고 했네. 그러나 나는 그 아가씨를 물리쳐 버렸어. 또 아름다운 거상의 딸이 나를 가까이하려 했지. 이 아가씨도 여러 가지로 좋은 조건을 제시해 왔어. 재산을 주고 지위를 준댔어. 이 아가씨는 나에 대한 집념이 어찌나 강한지 떼어 내는 데 꽤나 애를 먹었지. 목을 매겠다는 여자가 바로 이 아가씨였어. 지금 나는 재산보다는 내 이상에 걸맞은 여성을 고르는 중이야."

그러자 포샤가 맞장구를 쳤다.

"자네는 참 여자 복도 많네그려. 하긴 자네의 인물은 내가 여자라고 해도 혹할 정도니까 말 다 했지."

터무니없이 허풍을 떨었지만 듣는 사람들은 정말로 여기는 듯했다.

포샤는 벨라리오 박사가 보낸 편지를 읽었다. 여러 장에 걸쳐 쓴 편지였다. 소송을 맡아 달라는 연락을 받았지만 아파서 못 가므로 제자인 젊은 법관 밸더자를 보낸다고 할 테니, 그처럼 행세하라는 것과 판결할 법 조목이 자세하게 쓰여 있었다. 함께 넣은 베니스 공작에게 보내는 편지는 재판이 열리기 전에 전하라는 사연도 적혀 있었다.

포샤는 편지의 내용을 여러 번 읽으면서 샤일록에게 어떤 죄목을 적용시킬까 골똘하게 생각했다.

"이것이면 남편의 친구는 살아나고 샤일록은 살인 미수자가 되는 겁니다. 말했던 대로 나는 젊은 법관 밸더자가 될 테니 네리샤 부인은 나의 서기가 되어 줘요."

두 청년은 재판할 내용을 다시 의논하였다.

살은 베어 내도 좋지만

공작에게 다짐을 받아 놓고도 샤일록은 안토니오가 틀림없이 구속되었는가를 확인하였다.

"교도관님, 이 사람을 잘 감시하시오. 나에게 자비를 베풀라는 말 따위는 하지 마시오. 이 사람은 이자도 받지 않고 남에게 돈을 빌려 주는 바보예요. 그 때문에 다른 사람의 장사에 끼치는 손실이 실로 막대하다오. 누가 청탁을 해 와도 이 사람의 외출을 절대 허락해선 안 되오. 이를 지키지 않으면 내가 가만히 있지 않을 거요."

샤일록은 또 감옥에 갇혀 있는 안토니오를 보고 소리쳤다.

"그대는 나를 이유 없이 개라고 불렀소. 나는 개니까 물 수밖에 없소. 내 이빨을 조심하시오. 증거가 명백하니 공작 각하도 그대의 편을 들어줄 수는 없을 거요.”

샤일록이 안토니오에게 욕설을 퍼붓고 나갈 때, 솔레이니오가 들어왔다. 그는 감옥 창살을 사이에 둔 채 안토니오를 만났다.

“개치고 저렇게 지독하게 사람을 무는 개는 처음 봤어.”

솔레이니오가 말했다.

“그냥 내버려 두게. 내가, 저자에게 차용 계약 위반으로 곤경에 빠진 사람을 여럿 구해 주었거든. 그 때문에 나를 증오하던 터일세. 공작님도 어찌 해 볼 수 없는 사람이야. 네 척의 배를 잃고 나서 그 충격 때문에 살이 무척 많이 빠졌네. 며칠 뒤면 재판이라는데 과연 1파운드나 떼어 낼 살이 있을는지……?”

안토니오가 한숨을 쉬었다.

드디어 재판날이 되었다. 모든 것을 운명에 맡기기로 작정한 안토니오가 법정으로 들어와 조용히 피고인 자리에 앉았다.

그때, 바사니오가 뛰어 들어왔다.

“안토니오, 이 사람아! 덕택에 나는 뜻을 이루었네만, 나 때문에 이게 무슨 날벼락인가? 하지만 기운을 내게. 내 살과 내 피와 내 뼈를 몽땅 샤일록에게 줄지언정, 자네의 머리털 하나라도 다치지 않게 하겠네. 최선을 다해 자네를 살려 내겠네.”

"진심으로 축하하네. 나는 오직 자네가 성공했다는 소식이 오기만을 기다리고 있었네. 그런 자네를 보고 죽는 것만으로도 원이 없네. 나는 이미 병들었고, 머잖아 목숨도 내놓아야 할 터, 자네가 손수 내 비문을 써 준다면 그보다 더 기쁜 일이 없겠네."

두 사람은 서로 얼싸안은 채 소리내어 울었다.

뒤따라 그라시아노가 달려오고, 벨몬트에 사자로 갔던 살레리오가 왔다. 솔레이니오는 미리 와 있었다.

샤일록이 법정에 들어서기 전에 공작이 먼저 안토니오에게 위로의 말을 건넸다.

"퍽 유감스럽게 되었소. 안토니오 씨가, 피도 눈물도 없는 자를 상대로 재판을 받아야 하다니 말이오."

안토니오가 일어서서 정중히 대답했다.

"공작께서 저를 위해 여러 가지로 애쓰신 것을 알고 있습니다. 저는 인내심을 가지고 저 사람의 잔인한 요구에 대항할 수밖에 없는 줄 압니다."

이어서 샤일록이 법정에 들어섰다.

공작이 그에게 물었다.

"샤일록 씨, 세상 사람도 그렇고 나 역시 그렇게 생각하오. 그대가 이번 일을 법정에까지 끌고 온 것은 마지막에 많은 사람들

앞에서 자비를 베풀기 위한 것으로 알고 있소. 이쯤에서 안토니오 씨의 재산 손실을 안타깝게 여겨 채무를 탕감해 주고 따뜻한 호의를 베풀 것으로 기대하고 있는데 어떻소? 그대의 인정 어린 대답을 기다리겠소."

여러 차례 샤일록을 달래 오던 공작이 법정에서 마지막으로 설득해 보려는 것이었다.

"그것은 이미 여러 차례 말씀드린 바와 같습니다. 차용 증서에 적혀 있는 그대로를 실행하는 것뿐입니다. 공작께서는 왜 3,000다카트의 돈을 받으려 하지 않고 썩어 버릴 살점 1파운드를 받으려 하는가 의심하실 겁니다만, 그것은 그냥 저의 기분이라고 생각하십시오. 그 이유는 내가 오랫동안 품어 온 안토니오에 대한 증오 때문입니다. 다른 이유를 댈 수도 없고 대고 싶지도 않습니다."

그때 바사니오가 나섰다.

"그 따위 말이 어디 있소. 그건 당신의 잔인한 행동을 변명하는 말일 뿐이오."

샤일록이 바사니오에게 눈을 부라렸다. 법정은 점점 험악한 분위기에 휩싸이고 있었다.

"내가 당신의 마음에 드는 대답을 할 의무는 없소. 그리고 뱀에게 두 번 물릴 수는 없지요. 나는 차용 증서대로만 이행하겠소. 살점 1파운드는 내가 3,000다카트를 주고 비싸게 산 것이오. 그러므로 그것을 가져야겠소. 만일 이것을 거부하면 베니스는 법이 없는 나라가 될 것이오. 나는 이런 쓸데없는 말을 거부합니다. 어서 판결을 해 주시오. 판결을 요구합니다!"

"이런 송사를 일으킨 당신은 짐승만도 못한 사람이오! 부디, 지금이라도 소송을 취하하도록 하시오!"

바사니오와 그라시아노, 살레리오, 솔레이니오 등이 계속 샤일록을 몰아세웠다.

"그대들이 아무리 뭐라 해도 내가 가지고 있는 차용 증서의 서명을 지우지는 못할 것이오."

메아리처럼 같은 말만 되풀이하는 샤일록의 말을 자르고 공작이 나섰다.

"자, 이제 그만들 하시오. 나는 이 재판을 좀 더 바르게 진행하기 위해 이름난 법관 벨라리오 박사에게 판결을 의뢰하여 오늘 여기에 오시게 했소."

그와 동시에 예복을 차려입은 젊은 법관과 서기가 당당한 걸음으로 법정에 들어섰다.

사람들의 시선이 일제히 두 젊은이에게 쏠렸다. 그 두 사람이 포샤와 네리샤라는 것을 짐작하는 사람은 아무도 없었다.

벨몬트를 출발한 두 남장 여성은 이 시간에야 겨우 베니스의 법정에 다다랐던 것이다.

"저희 두 사람은, 벨라리오 박사가 편찮으셔서 대신 파도바에서 왔습니다. 저는 박사님의 제자 밸더자이고, 이 사람은 저의 서기입니다."

밸더자로 가장한 포샤는 자신과 네리샤를 소개하였다. 네리샤는 벨라리오 박사가 전하는 편지를 공작에게 전했다.

편지를 읽은 공작이 말했다.

"이 편지에서 벨라리오 박사는 젊고 해박한 박사 한 사람을 추천해 보내 왔소. 서기가 편지를 낭독하겠소."

법관 서기 네리샤는 연습해 둔 남자 목소리로 편지를 읽었다.

베니스의 공작님,

인편에 공작님의 편지를 받았습니다. 그러나 저는 지금 병상에 누워 있습니다. 마침 로마의 젊은 박사 밸더자 씨가 문병을 하러 왔기에 공작께서 부탁하신 이번 소송 사건을 이야기한 뒤, 함께 많은 법전을 참고로 읽었습니다.

밸더자 박사에게 제 의견을 밝혀 두었습니다.

밸더자 박사는 더 이상 칭찬할 말이 없을 정도로 깊은 학식과 법에 대한 지식을 가진 저의 제자입니다. 연소한 사람으로 그처럼 노련한 두뇌를 가진 이를 저는 일찍이 보지 못했습니다.

공작께서 밸더자 박사를 영접해 주실 것으로 믿으며, 이번 소송 처리가 젊은 법관에 의해 잘될 것으로 믿습니다.

-파도바에서, 벨라리오-

안토니오와 샤일록이 법관 앞으로 나왔다. 그러나 안토니오는 법관이 자기 친구의 아내라는 것을 알 리 없었다.

법관은 먼저 샤일록에게 말했다.

"샤일록, 당신은 참 색다른 소송을 내었소. 그러나 합법적인 것이기 때문에 베니스의 법은 당신의 소송을 비난할 수 없소."

그리고 안토니오에게 물었다.

"당신은 저 사람의 손에 생사가 달려 있다고 보이는데, 그렇지 않소?"

안토니오가 대답하였다.

"그렇습니다."

차용 증서를 본 법관은 샤일록에게 말했다.

"샤일록 씨가 자비를 베풀어야겠소. 자비란 하늘에서 대지로 내리는 고마운 비와 같소. 하느님이 지닌 덕의 하나지요. 당신의 주장이 정당하지만, 한번 생각해 보시오. 계속해서 당신이 당신의 주장을 굽히지 않는다면 법정은 저 상인 안토니오 씨에게 불리한 판결을 내릴 수밖에 없소."

샤일록은 화를 내며 따지듯이 대답하였다.

"도대체 무슨 이유로 자비를 베풀라는 말씀입니까? 몇 번이나 하는 말이지만 차용 증서에 쓰인 대로 행하겠으니 재판을 진행

해 주십시오."

그때 바사니오가 나서며 말했다.

"사실은 저 때문에 이 빚을 지게 된 것입니다. 제가 빌린 돈의 두 배를 갚겠습니다. 그것이 부족하면 열 배, 아니 그 이상 스무 배라도 갚겠습니다. 그래도 안 된다면 이 사람이 악의에 의해 한 사람의 의인을 죽이려고 의도한 것이라고 생각할 수밖에 없습니다."

샤일록이 말했다.

"이 베니스를 다 준다고 해도 맹세한 일을 바꿀 수는 없습니다. 법에 따른 판결을 부탁합니다. 인간의 혀로는 내 마음을 바꾸지 못할 것입니다."

이때 안토니오도 말했다.

"저도 법정이 속히 판결해 주기를 바랍니다."

법관이 엄숙히 선언하였다.

"좋습니다. 그러면 판결을 하겠습니다. 상인 안토니오는 가슴을 풀어헤치고 샤일록의 칼을 받을 준비를 하시오!"

법관의 말이 떨어지자 샤일록은 웃음을 띠며 칼을 들었다.

"오, 고귀하신 판사님! 참으로 공정하십니다, 젊은 판사님!"

잔인하기 짝이 없는 웃음이었다.

침착한 얼굴로 법관이 말했다

"이 증서에 나타난 대로 행하는 것이 법의 취지에 어긋나는 것은 아니오. 그러므로 안토니오는 가슴을 열어젖히시오!"

"맞습니다, 판사님. 여기 차용 증서에 있습니다. 가슴에서 가장 가까운 곳이라고 쓰여 있지요."

샤일록이 날뛰며 말했다.

"살의 무게를 달 저울은 준비되었소?"

"그럼요. 여기 이렇게 준비되어 있습니다."

순간 법정은 바늘이 떨어지는 소리도 쿵, 하고 크게 들릴 만큼 조용해졌다. 분위기가 한껏 긴장되어 있었다. 조금 있으면 끔찍한 살인이 저질러질 것이기 때문이었다. 모두 눈을 감고 법관의 다음 말을 듣고 있었다.

"샤일록 씨, 당신 부담으로 의사를 부르시오. 상처를 꿰매어야 할 게 아니오?"

"아니, 아닙니다. 차용 증서에 그것은 쓰여 있지 않습니다. 차용 증서에 쓰여 있는 대로만 판결해 주십시오."

"그만한 적선을 베풀 수도 없다는 거요? 그럼 좋습니다. 더욱 차용 증서에 있는 대로만 판결을 내려야겠군요. 차용 증서에 없는 사실은 절대로 안 됩니다. 마지막으로 안토니오 씨, 하실 말씀은 없습니까?"

"없습니다. 바사니오 친구, 악수나 한 번 하세."

눈을 감고 있던 안토니오가 바사니오에게 손을 내밀자, 친구들이 모두 와서 마지막으로 그의 손을 잡으며 울음을 터뜨렸다.

"바사니오 친구, 내가 자네 때문에 이렇게 되었다고 슬퍼하지 말게. 운명의 여신은 내가 파산한 뒤에 움푹 들어간 눈자위와 주름진 얼굴로 가난한 노년을 살아야 할 운명에서 끌어 내어 주고 있는 걸세."

모두들 숨을 죽인 채 안토니오의 유언을 듣고 있었다.

"바사니오, 존경하는 자네 부인 포샤 씨에게 안부를 전해 주게. 이 안토니오의 최후의 순간도 얘기해 주게. 내가 자네를 얼마나 우정으로 사랑했는지도 이야기하게. 그리고 부인에게 물어보게. 바사니오에게 진정한 친구가 있었는가 어떤가를……. 그라시아노 부인에게도 같은 말을 부탁하네."

안토니오의 그 말에 모든 사람이 눈물을 훌쩍이기 시작했다.

그때 바사니오가 말했다.

"사실 나는 내 아내가 내 생명처럼 귀중하네. 그러나 내 생명, 아내, 그리고 온 세상이라고 해도 자네의 목숨 이상으로 귀중하지는 않네. 자네를 구할 수만 있다면 그 모두를 잃어도 좋겠네."

법관으로 가장한 바사니오의 부인 포샤가 그 말을 듣고 바사
니오를 꾸짖듯이 말했다.

"바사니오 씨, 당신의 부인이 여기 가까이 있어서 그 말을 들
으면 별로 고맙게 여기지 않을 것이오! 왜 그런 말을 하시오?"

그라시아노가 말했다.

"나도, 아내를 생명처럼 사랑하지만 만약 천국에 가서 큰 힘을
빌려 저기 샤일록의 마음을 바꾸게 할 수만 있다면 아내를 천국
에라도 보내겠소."

법관 서기로 가장하고 있던 그라시아노의 부인 네리샤도 그
자리에서 남편 그라시아노를 나무랐다.

"그라시아노 씨, 부인이 없는 곳에서 그 말을 하기에 망정이지
부인이 여기 있다면 그 말 한 마디로 집안에 소동이 날 것이오!"

그러나 두 부인은 아내가 없는 자리에서 친구를 위로하기 위
해서 하는 사내들의 말로 이해하고 있었다.

그때 샤일록이 갑갑증을 냈다. 어서 안토니오의 가슴을 도려
내고 싶었던 것이다. 그는 사람의 죽음에 크게 재미를 느끼는
듯했다.

"시간 낭비는 그만하고 어서 선고를 내려 주시오. 현명한 판사
님, 이제 유언은 다 끝났습니다."

법관이 다시 말을 가다듬었다.

"샤일록 씨, 안토니오의 가슴살 1파운드는 분명히 당신 것이오. 이 법정이 그것을 판정하고 법이 그것을 주는 것이오. 당신은 그 살을 안토니오의 가슴에서 떼어 내어야 하오. 법이 그걸 허락하고 법정이 그것을 판결하오."

법관은 여기서 잠깐 멈추었다가 다시 말을 이었다.

"잠깐 기다리시오. 아직 가슴에 칼을 대지 마시오. 해야 할 말이 남았소. 아까 당신은 차용 증서에 적혀 있지 않다면서 상처를 꿰맬 의사를 부를 수 없다고 했소. 이 차용 증서에는 당신에게 피는 한 방울도 준다는 말이 없으니 어찌 할 것이오? 증서에는 '살 1파운드'라고만 쓰여 있을 따름이오. 증서에 있는 대로 하신다니 그대로만 판결을 합니다. 살을 베어 낼 때 단 한 방울이라도 피를 흘리게 한다면 그것은 계약 위반이오!"

샤일록이 소리쳤다.

"뭐라고요? 피를 흘리지 않고 어떻게 살을 베어 낼 수 있단 말이오?"

"차용 증서에 쓰인 것이 그것이오! 증서에 적힌 대로 하자고 당신이 말하지 않았소?"

사방에서 안도의 숨소리가 흘러나왔다. 모두가 참으로 명판결이라는 말을 하느라 술렁댔다.

모두의 얼굴에 웃음꽃이 피었다.

"아, 공정한 판사님. 명판결이오!"

그라시아노가 자리에서 벌떡 일어서며 소리쳤다.

열심히 재판이 진행되는 과정을 적고 있던 법관 서기 네리샤가 남편의 행동을 보며 웃었다.

원수를 갚아 보려고 날뛰던 샤일록은 몽둥이로 한 대 얻어맞은 꼴이 되었다.

'가슴살을 베어 내되 피를 흘리지 않게 베라는 것은 살을 벨 수 없다는 소리다. 차용 증서에 피가 흘러도 상관하지 않는다는 말을 더 써 넣을 걸 그랬어. 이를 어쩌지?'

고민하던 샤일록은 수전노의 본성을 드러냈다.

"그럼, 안토니오 가슴살을 베는 일은 취하하겠소. 그 대신 아까 말하던 3,000다카트의 스무 배를 주시오."

"안 돼요. 한 푼도 줄 수 없소. 그것은 벌써 취소되었소. 살점이나 떼어 가시오. 1파운드 이하도 이상도 안 돼요. 20분의 1파운드만 달라고 해도 계약 위반이니 벌을 받아야 합니다. 어서 살점 1파운드만 떼시오. 머리칼 하나의 무게만 틀려도 계약 위반이오."

판사의 말은 엄숙했다.

그러자 샤일록은 애원하는 투로 말했다.

"현명하신 판사님, 저는 욕심이 전혀 없습니다. 원금만 받게 해 주시지요, 판사님."

판사가 말했다.

"당신이 받을 것이 있기는 있지요. 그것은 원금이 아니라, 벌과 벌금이오. 당신은 사람을 죽이려 했소. 살점 1파운드를 베어 내면 살인이요, 베지 않는다 해도 살인 미수요."

이 말을 들은 샤일록은 질겁을 하며 달아나려고 했다.

"그럼, 저 안토니오를 놓아주든지 벌을 주든지 맘대로 하시오. 나는 가겠소."

다시 판사의 명령이 떨어졌다.

"샤일록 씨, 여기는 법정이오. 아직 재판이 끝나지 않았소. 재판이 끝날 때까지는 마음대로 나갈 수 없소."

판사는 달아나는 샤일록을 붙잡아 오게 하여 다시 자리에 앉혔다. 그리고 재판을 계속하였다.

"베니스의 법에는 외국인이 시민의 생명을 빼앗으려 했을 때는 범인의 재산을 피해자에게 절반을 주고, 나머지 절반은 국고에 넣도록 되어 있소. 그리고 범인의 생명은 공작께서 거두게 되어 있소. 풀이하면 공작께서 샤일록에게 사형을 내릴 수 있다는 것이오. 당신은 유대인이니 외국인이 분명하고, 안토니오 씨의 가슴살 1파운드를 베려고 했으니 살인을 하려 했던 것이 틀림없소. 그러므로 재산의 절반은 안토니오 씨에게 주어야 하고, 나머지 절반은 국가에 내놓아야 하오. 이것은 당신의 뜻과는 관계 없이 법에서 하는 일이오. 당신의 목숨은 공작의 뜻에 달려 있소.”

여기까지 판결이 나자 샤일록은 난동을 부리기 시작했다.

“목숨이고 재산이고 다 빼앗아 가시오!”

화를 참지 못한 그라시아노가 샤일록의 부아를 부채질했다.

“저 수전노에게 목매어 죽을 밧줄 하나만 남겨 두고 재산을 모조리 빼앗아야 합니다!”

그러나 공작은 악랄한 샤일록에게, 자비심이 무엇인지 보여 주기 위해 그를 감옥에 가두지도 목숨을 거두지도 않는다고 선언했다.

이리하여 샤일록은 공작이 베푼 자비심 덕분에 목숨을 잃지 않고 사면이 되었다.

공작은 말을 이었다.

“나라에 귀속시킬 샤일록 씨의 재산 절반도 그가 뉘우치고 겸

손한 행동을 보이면 벌금 정도만 받고 돌려주겠소.”

안토니오가 말했다.

“저에게 돌아온 샤일록 씨의 재산 절반은 제가 맡아 두었다가
그의 사위인 로렌조 씨에게 양도하겠습니다.”

그러자 공작이 말했다.

"그렇다면 샤일록 씨도 나중에 사위와 딸에게 재산을 양도하겠다는 양도증을 이 법정에서 쓰시오. 만약 이에 따르지 않으면 사면을 취소하겠소."

샤일록은 공작의 말에 따르지 않을 수 없었다. 샤일록과 안토니오는 각각 양도증을 써서 판사 서기에게 주었다.

재판을 마친 판사와 판사 서기는 곧 파도바로 돌아가겠다며 나섰다. 공작이 저녁 초대를 했으나 사양했다. 여러 사람들과 만나는 사이에 남장 여자임이 밝혀지면 큰일이기 때문이었다.

바사니오는 재판관이 자기 부인인 줄도 모르고 굽실굽실 절을 하며 말했다.

"밸더자 판사님, 판사님의 지혜로운 판결로 제 친구 안토니오는 목숨을 건졌고, 저는 큰 짐을 벗게 되었습니다. 그 보답으로 샤일록에게 주어야 할 3,000다카트를 판사님께 사례하겠습니다. 우리가 평생 동안 보답을 해도 생명을 살려 주신 은혜를 다 갚지는 못할 것입니다. 이것을 받아 주십시오."

포샤는 남편의 행동에 웃음이 나왔지만 억지로 참으며 근엄하게 말했다.

"우리 두 사람이 성의를 다하여 안토니오 씨를 구해 냈습니다. 이 일에 아주 흐뭇한 만족을 느낍니다. 우리 두 사람은 그 만족

감만으로 이미 보수를 받았다고 생각합니다. 금전적인 보수는 바라지 않습니다. 우리가 다시 만날 때 모른 체하지 않기로 합시다. 그럼, 안녕히 계십시오."

법관과 법관 서기는 바쁘게 부두로 향했다.

그때 안토니오가 나섰다.

"보수를 받지 않으시겠다면 기념품이라도 받으셔야지요. 이것은 경의의 표시입니다. 거절하지 마십시오."

그러자 법관 포샤는 하도 권하는 것이어서 받는 척하며, 안토니오에게는 장갑을 달라 하고 바사니오에게는 자기와의 사랑을 맹세한 반지를 달라고 했다. 그것은 남편의 마음을 떠보기 위한 짓궂은 장난이었다.

"이 반지 말입니까? 이건 보잘것없는 물건입니다. 이것을 드리는 것은 매우 부끄러운 일입니다."

바사니오는 반지를 내놓지 않았다.

그러나 법관은 짓궂게 그 반지를 달라고 졸랐다.

"그것 외는 아무것도 받지 않겠습니다. 무슨 까닭인지 그것을 갖고 싶네요."

법관의 말에 바사니오는 난처한 얼굴이 되었다.

"이 반지에는 반지 값 외에 다른 뜻이 곁들여 있습니다. 베니스 안에 광고를 내어 가장 값비싼 반지 하나를 사다 드리지요. 이것만은 안 됩니다.”

“그래요? 바사니오 씨는 입으로만 선심을 쓰시는군요.”

법관은 기분이 상한 말투로 서운함을 내비쳤다.

“판사님, 이 반지는 아내한테서 받은 것입니다. 아내는 이것을 나에게 끼워 주면서 팔거나, 잃거나, 남에게 주지 않겠다는 맹세를 하게 했습니다.”

“많은 사람들이 남에게 선물하기가 아까울 때 주로 그런 말들을 하지요. 부인께서 제가 이 반지를 받을 자격이 충분하다는 것을 아시게 된다면 그것을 제게 주셨다 해서 원망하지는 않을 것입니다. 그럼 안녕히 계십시오.”

법관은 그 말을 남기고 돌아서서 가는 것이었다. 참으로 난처한 일이었다.

바사니오는 아내의 얼굴을 떠올리며 반지를 뺐었다가 얼른 다시 꼈다.

안토니오가 그 모습을 보고 말했다.

“바사니오, 그 반지를 드리도록 하게. 그분의 공로와 내 우정을 합치면 그만한 값어치가 충분하네.”

결국 바사니오의 반지가 포샤의 손으로 건너가게 되었다.

네리샤가 포샤에게 속삭였다.

"저도 남편과 결혼하기 전에 반지를 영원토록 지니겠다고 맹세를 시켰거든요. 그것을 빼앗아 봐야겠어요."

"그것도 가능하겠지. 네리샤 부인까지 남편의 반지를 빼앗게 되거든 약점을 잡아서 골려 줍시다."

두 여인은 남편보다 먼저 벨몬트에 닿아 시치미를 떼기 위해 그날 밤으로 베니스를 떠났다.

사랑의 반지

달빛이 환한 밤이었다. 향기로운 바람이 불고, 나무도 소리를 죽이고 있었다. 로렌조와 제시카가 정원에서 달빛을 받으며 이야기를 하고 있었다.

"이런 밤이었지. 제시카라는 아가씨가 집을 몰래 빠져나와 그의 연인과 같이 베니스에서 벨몬트까지 바다를 건너온 밤도."

"이런 밤이었어요. 로렌조라는 젊은이가 한 아가씨를 영원히 사랑하겠다고 맹세하던 밤이. 그 사랑은 영원히 변하지 않을 거라 했지요. 그런데 그것이 참다운 맹세였을까요?"

"이런 밤이었지. 귀여운 말괄량이 제시카가 애인을 헐뜯었지만 그 애인이 말괄량이를 용서해 준 밤이."

이것은 두 사람이 나누는 우스갯소리일 뿐, 두 사람은 지극히 사랑하는 사이였다. 그러다가 두 사람은 문득 베니스로 간 바사니오, 그라시아노, 살레리오를 생각하였다.

"모두들 일이 잘되어야 할 텐데. 안토니오는 어떻게 되었을까? 그리고 포샤, 네리샤 두 부인은 수도원에서 기도와 묵상을 잘하고 계실까?"

"기도를 어지간히 드렸으면 돌아오실 때도 되었는데 말이죠."

그때 포샤의 하인 스테파노가 와서 꾸벅 절을 하며 말했다.

"방금 전갈이 왔습니다. 두 부인이 기도를 마치고 돌아오시는 중이랍니다."

잠시 후에 론슬롯이 와서 말했다.

"로렌조 씨, 우리 주인께서 돌아오신대요. 기쁜 소식을 가득 담아 가지고 뿔나팔 소리를 앞세우고 오신다는 전갈이 왔어요."

"기쁜 소식이라고? 그렇다면 일이 잘 풀린 모양이구나. 부인들과 주인이 모두 같이 돌아오시네!"

로렌조는 악사들을 불러 부인들과 주인 일행을 환영하는 연주회를 준비했다.

"자, 이 달밤에 달의 신을 깨우고 밤의 영혼을 일깨우는 연주를 시작하겠소. 부인들과 주인 일행이 일을 성취하고 돌아오시

는 것 같소. 환영의 연주회를 시작합시다.”

여러 악기들의 감미로운 화음이 달빛 속을 흐르기 시작했다.

포샤와 네리샤는 벨몬트 항구에 내리기 전부터 예쁜 여성으로 바뀌어 있었다. 배 안의 밀실에서 옷을 갈아입은 것이었다.

아무도 그들이 베니스 법정에서 명판결로 환성을 올리게 했던 법관과 서기임을 알아보지 못했다. 목소리도 걸음걸이도 여성으로 돌아왔다.

두 여성은 부두에서 내려, 집을 향해 바쁘

게 걸었다. 남편 몰래 한 일을 감추기 위해서라도 남편보다 먼저 집에 도착해야 했던 것이다.

포샤의 집에 불이 반짝이고 있었다.

"반갑네요. 저 불빛은 우리 집 객실에 켜 놓은 촛불이겠지요? 저 음악 소리 좀 들어 봐요. 환영의 연주를 하고 있나 봐요."

"달빛이 참 좋군요."

두 사람이 이야기하며 걷는 사이, 어느새 집 앞 정원에 이르렀다. 악사들은 좌우에 앉고 서서 환영의 연주를 펼치고 있었다.

두 사람은 황홀한 화음 속을 걸어 집으로 들어섰다. 로렌조 내외가 앞서고 론슬롯, 스테파노 등이 나와서 포샤와 네리샤에게 인사를 했다.

"두 부인은 잘 다녀오셨습니까? 수도원에서 기도와 묵상은 잘 하셨습니까? 거처가 불편하지는 않으셨습니까?"

"남편들의 일이 잘되도록 기도를 드리고 왔네. 기도의 효험이 있으리라 믿네. 거처도 아주 편안하고 좋았지."

그렇게 대답한 포샤는 로렌조 내외에게도 인사를 했다.

"그동안 주인 노릇 하면서 집을 잘 지켜 줘서 고맙습니다."

두 부인이 잠시 쉴 사이도 없이, 멀리 부두 쪽에서 뿔나팔 소리가 들려왔다.

로렌조가 악사들에게 소리쳤다.

"주인 일행의 뿔나팔 소리예요. 주인 일행이 기쁜 소식을 가지고 오신답니다. 환영 연주를 계속합시다."

악기의 화음이 다시 달빛 속에서 울려 퍼졌다.

뿔나팔 소리가 집 가까이에서 그쳤다. 잠시 후, 바사니오, 안토니오, 그라시아노, 그리고 수행원들이 음악이 울리는 사이를 지나 집으로 들어섰다.

포샤 부인, 네리샤 부인, 로렌조, 제시카 부인, 론슬롯과 하인들이 일제히 나가서 바사니오 일행을 맞아들였다.

"재판은 어떻게 되었습니까? 해를 입지는 않았나요?"

포샤가 짐짓 모르는 척 물었다.

"모두 잘되었소. 차차 이야기합시다. 당신과 네리샤 부인이 수도원에서 정성으로 기도하신 덕분이지요."

"다행이에요. 기도의 효험이 있었나 봐요."

네리샤가 하는 말이었다.

포샤는 일행을 넓은 응접실로 안내했다.

바사니오가 활짝 웃으며 일어섰다.

"기쁜 소식을 가지고 왔소. 참으로 큰 행운이었소. 내 친구를 반갑게 맞아 주시오. 이분이 친구 안토니오 씨요. 내가 크게 은

혜를 입은 분이지요. 나를 대신해서 목숨을 잃을 뻔하다가 살아
난 분입니다."

바사니오는 먼저 안토니오에게 포샤 부인을 소개했다.

"안토니오 님, 저희 집을 찾아 주셔서 반갑습니다. 남편 때문
에 고생이 많으셨지요? 위로의 말씀을 드립니다."

포샤가 다소곳이 고개를 숙였다.

안토니오는 포샤의 저택이 웅장한 데 놀라다가 그 부인을 보
고는 더 놀랐다.

'과연, 우아한 부인이구나. 그동안 먼 나라, 이웃 나라의 왕과
귀공자, 재산가 들이 청혼할 만해.'

다음은 그라시아노가 자기 부인 네리샤를 안토니오에게 소개
해 주었다.

'음, 과연 그라시아노가 마음에 둘 만한 여성이야. 훌륭한 부
인이야!'

그렇게 생각하면서 안토니오도 인사를 했다.

"반갑습니다, 네리샤 부인. 그라시아노, 바사니오는 저의 친
구입니다."

포샤가 남편 바사니오를 바라보며 말했다.

"당신은 여러 면으로 안토니오 님에게 신세를 진 것으로 압니

다. 우리가 부부로 맺어지게 된 것도 안토니오 님 덕택으로 알고 있습니다. 거듭 말씀드립니다만 안토니오 님이 당신 때문에 많은 고통을 겪으셨다고 들었어요."

그 말에 안토니오는 겸손하게 고개를 숙였다.

"그렇게까지 말씀하시니 황송할 뿐입니다. 그건 벌써 끝난 일입니다. 이렇게 무사히 풀려 나왔으니까요."

바사니오는 자기 부인 포샤와 그라시아노의 부인 네리샤에게 베니스에서 있었던 재판 광경을 설명하기에 바빴다. 손짓 몸짓까지 해 가면서 이야기를 했다. 두 부인은 웃음을 삼키면서 듣고 있었다. 그라시아노도 이야기를 거들었다. 참으로 흥미로운 이야깃거리였다.

"결국 저 친구 안토니오가 살아난 건 바로 그 젊은 법관 밸더자 씨 덕택이라오. 세상에 그런 명판사가 또 있을까? 법을 해박하게 알고 있는 젊은이었소. 말솜씨가 보통이 아니었고, 태도도 아주 당당했다오."

바사니오는 밸더자 판사를 침이 마르도록 칭찬했다.

"그분도 그랬지만 법관의 서기로 온 그 청년도 굉장히 당당하던데, 오랜 경험을 가진 사람 같았어. 또 아주 미남이었어."

두 사람은 결국 남장을 한 자기 부인을 칭찬한 것이 되었다.

이야기를 들으면서 포샤와 네리샤는 쿡쿡, 소리를 죽여 가며 웃었다.

그런데 이야기를 나누고 있는 한 편에서 부부 싸움이 일어났다. 그라시아노와 네리샤였다.

"네리샤, 너무 심한 말은 말아요. 사랑이 식다니 당치도 않소. 나는 그것을 그 법관의 서기에게 주었단 말이오. 저 달을 두고 맹세하겠소."

알고 보니 반지 때문에 싸움이 난 것이었다.

네리샤가 남편의 손에 끼었던 반지를 어쨌느냐고 따져 묻는 데서 시작된 싸움이었다. 사랑의 표시로 영원토록 지니겠다고 맹세한 반지를 어떻게 남에게 줄 수 있느냐, 그 사이에 마음이 변한 게 아니냐고 네리샤가 말하자 그라시아노가 약간 목소리를 높였던 것이다.

물론 그 반지는 네리샤의 손안에 있었지만 포샤와 짜고 남편을 골려 주기 위한 연극이었다.

포샤는 짐짓 모르는 척하며 물었다.

"어머나, 왜 그래요. 결혼하고 얼마 되지도 않았는데 벌써 싸움이에요?"

"금으로 만든 동그라미 때문입니다. 아내가 나에게 사랑의 표시로 준 것이지요. 비싼 보석 반지가 아니에요. 칼 장수가 그 반지에 이렇게 새겼지요. '부인을 사랑하듯이 반지, 나를 사랑해 주세요. 나를 버리지 말아요.'라고."

그라시아노의 말에 네리샤는 따지기를 멈추지 않았다.

"당신은 어째서 그 반지의 값과 새겨 놓은 글만 얘기하세요? 나에게 그 반지를 받았을 때 당신은 맹세했어요. 죽을 때까지 끼고 있겠다고 말이에요. 무덤 속까지 끼고 가겠다고도 했어요. 당신의 그 열렬했던 맹세를 위해서라도 반지를 소중히 간직했어야 하지 않아요? 판사의 남자 서기한테 주었다고요? 천만에요. 그 반지를 받은 서기는 수염이 조금도 나지 않은 사람이었을 거예요."

"어른이 되면 수염이 나겠지. 너무 젊으면 수염이 날 수야 없지 않소. 나는 반지를 그 청년에게 주었소. 반지를 보수로 달라고 애걸하더란 말이오. 판사와 서기 덕택에 친구 한 사람이 목숨을 건졌고, 모든 일이 원만히 해결되었는데 어찌 그걸 거절한단 말이오. 당신이 내 입장이 되었다 해도 그렇게밖에는 할 수 없었을 것이오."

그때 포샤가 끼어들었다.

"정확하게 말씀드리면 그라시아노 씨가 잘못한 겁니다. 네리샤의 첫 선물을 그처럼 경솔하게 주어 버렸으니 말입니다. 더욱이 그것은 맹세를 거듭한 뒤에 손가락에 낀 것이니 사랑에 의해 그라시아노 씨의 몸에 못박혀진 것과 한가지입니다."

네리샤 편을 들던 포샤는 슬슬 자기 이야기를 꺼냈다.

"저도 남편에게 반지를 하나 끼워 드렸고, 그것을 몸에서 떼어 놓지 않겠다는 맹세를 받았지요. 그런 만큼 제 남편은 절대로 반지를 빼어 남에게 줄 분이 아니라고 믿습니다. 제 남편 바사니오 씨라면 세상 모든 걸 다 준다 해도 반지를 내놓지 않았을 거예요. 그라시아노 씨는 거기에 비하면 정말 너무 무정한 분이세요. 부인을 슬프게 하셨잖아요. 만일 나에게 그런 일이 생긴다면 나는 미쳐 버릴 거예요."

포샤는 남편 바사니오가 당황하는 모습을 보기 위해서 이렇게 말한 것이었다. 물론 남편의 반지는 지금 포샤가 손안에 쥐고 있었다.

바사니오는 안절부절못할 정도로 자리가 불안했다.

'어디서 악한을 만나 반지를 빼앗기지 않으려고 몸부림치다가 왼손을 잘라 버린다는 협박에 못 이겨 넘겨주고 말았다고 할까?'

바사니오가 속으로 이런저런 궁리를 하고 있는데, 그라시아노가 그만 시키지도 않은 말을 해 진실이 드러나고 말았다.

"부인의 생각은 그런지 모르지만 바사니오 씨도 반지를 달라고 조르는 판사에게 주어 버렸답니다. 사실 그 판사는 반지를 받을 만했지요. 판사와 서기가 반지 말고는 아무것도 받지 않겠다지 뭡니까?"

그때 포샤가 나섰다.

"어떤 반지를 주었나요? 설마 저에게서 받은 반지는 아니겠지요?"

바사니오가 어렵게 입을 열었다.

"부인하고 싶지만, 당신이 보는 그대로 내 손가락에는 반지가 없소. 없어진 것이오. 허나 당신이 내가 반지를 어떤 사람에게 준 것인가를 알고 나면 이해가 될 것이오. 그 판사는 재판 결과, 내가 샤일록에게서 이득을 본 3,000다카트의 돈을 수고비로 주겠다 해도 받지 않겠다고 했소. 그 반지만 달라는 것이었지요. 내가 그것을 주지 않으려고 반지에 얽힌 이야기를 했고, 맹세 이야기도 했소. 그걸 알면 당신은 이해가 될 것이오."

"만약 당신이 반지를 준 여자의 가치를 반만이라도 아셨더라면, 그 반지를 간직하는 것이 당신의 명예를 지키는 것인 줄 아셨더라면 그렇게 쉽게 반지를 줘 버리지는 않았을 거예요. 정말 간곡한 말로 그것은 줄 수 없다고 거절했다면 그 어떤 사람이 사랑의 표시로 가지고 있는 것을 빼앗는단 말입니까? 네리샤 부인의 말이 맞아요. 필시 남자가 아니고 어떤 여자가 그 반지를 가지고 있을 거예요.”

“그렇지 않소. 반지를 갖고 있는 사람은 법학 박사요. 내가 반지만은 줄 수 없다고 하자, 서운한 기색을 하고는 등을 돌리더라고. 그분은 내 친구의 목숨을 살려 준 분 아니오? 도대체 무슨 말로 거절할 수 있겠소. 당신이 옆에 있었어도 그 반지를 드리라고 했을 거요.”

그때 안토니오가 나섰다.

“이것은 나 때문에 일어난 싸움입니다. 나는 친구의 행복을 위해 내 몸을 빌려 주었지요. 그런데 나는 반지를 가져간 그 판사가 아니었다면 죽었을 겁니다. 그래서 서운해하는 판사를 보고 내가 바사니오 친구더러 반지를 그에게 주라고 했습니다. 내 몸을 다시 담보로 잡히고 말하겠습니다. 부인의 남편 바사니오는 다시는 부인의 약속을 어기지 않을 것이니 어쩔 수 없었던 이번 일은 용서해 주십시오.”

그러자 포샤는 안토니오의 손에 반지 하나를 쥐여 주며 부드럽게 말했다.

“그럼 틀림없이 보증을 하시는 거지요? 이 반지를 바사니오

님께 끼워 주시고 법관에게 준 그것보다 더 소중히 간직하라고 일러 주세요.”

안토니오가 그 반지를 받아 바사니오의 손가락에 끼웠다. 그리고 그 반지를 생명처럼 중하게 여기며 잘 간직하겠다는 맹세를 하게 했다.

그런데 반지를 본 바사니오는 깜짝 놀랐다.

“아니, 이 반지는 내가 박사에게 주었던 바로 그 반지인데? 틀림없이 그 반지야!”

바사니오가 어리둥절한 표정을 지으며 말했다.

“내가 그분에게 받은 거예요. 용서하세요.”

포샤가 시치미를 떼고 말했다.

“당신이 그 판사를 언제 만났다는 말이오?”

바사니오가 의아해하며 아내에게 물었다.

그때 네리샤도 반지 하나를 내놓으며 말했다.

“용서하세요. 이건 그 판사의 서기한테서 받은 거예요.”

“아니, 당신도 판사의 서기를 만났다는 말이오?”

이번에는 그라시아노가 의아하게 생각했다. 반지는 판사의 서기에게 준 바로 그것이었다.

포샤가 말했다.

"이상하게 생각할 것 하나도 없어요. 여기 편지가 있으니 읽어 보세요. 의문이 풀릴 거예요."

그것은 벨라리오 박사가 포샤에게 재판하는 방법과 법조문을 적고, 법관의 예복과 서기의 예복을 같이 보낸다는 사연이 자세히 적혀 있었다.

"아니, 그럼 당신이 그 밸더자 박사였단 말이오? 네리샤 부인은 법관 서기였고?"

"그렇습니다. 제가 판사였고 네리샤 부인은 서기였습니다. 우리 두 사람은 앞서의 세 분과 거의 같은 시간에 베니스를 떠났지요. 재판을 마치고 오늘, 우리는 세 분보다 조금 일찍 집에 도착한 것입니다. 안토니오 님이 오셔서 정말 기쁩니다."

마침내 모든 사실이 밝혀졌다. 모두들 두 부인의 모험에 놀랄 뿐이었다.

바사니오가 눈을 동그랗게 뜨며 물었다.

"판사가 당신이었다는 걸 나는 왜 까맣게 몰랐지? 어쩌면 남편까지 속아 넘어가게 변장을 하고, 목소리는 물론 걸음걸이까지 남자 뺨치게 바꿀 수 있었지?"

그라시아노도 어리벙벙한 얼굴로 물었다.

"당신이 나를 꾸짖으며, 부인이 있었으면 화를 낼 것이라 하던 그 서기였단 말이오? 어쩌면 그렇게 눈치채지 못하게 변장을 할 수 있었소?"

"사실 두 분에게서 반지를 빼앗은 것은 저와 네리샤 부인이 짜고 한 연극이었습니다. 두 분께는 미안합니다. 호호호호…….
그러나 연극이 있었기에 우리 두 사람의 공적이 더 확실해진 것 아닙니까? 남편에게 사랑을 더 받기 위해서 꾸민 장난이었다고 보아 주세요. 우리 두 사람, 다시는 이런 연극을 꾸미지 않을 테니까요."

포샤 부인의 말에 모두들 유쾌하게 웃었다.

웃음이 잦아들 무렵 포샤가 입을 열었다.

"자, 그럼 또 하나 기쁜 소식을 전하지요. 안토니오 님의 상선 네 척이 소문과는 달리 화물을 가득 싣고 곧 베니스 항에 들어온다는 기별이 있었습니다. 여기에 그 기쁜 소식을 담은 편지가 있습니다. 믿을 만한 분이 보내 주신 편지입니다. 판사가 전하는 것이라고 믿으십시오."

"고맙습니다. 포샤 부인은 나에게 목숨과 재산을 새로이 주셨군요."

기쁜 소식을 적은 편지를 읽으면서 안토니오가 말했다. 그는 절망에서 살아나 다시 베니스의 상인이 된 것이었다. 참으로 다행한 일이었다.

다음에는 판사 서기였던 네리샤가 두 장의 문서를 꺼냈다.

"이것은 로렌조 씨 내외에게 전하는 기쁜 소식입니다. 이제 내외는 걱정 없이 지내게 되었어요. 이건 두 장의 재산 양도 증서입니다. 샤일록 영감님은 사후에, 가진 재산을 모두 사위와 따님에게 양도하시겠답니다. 그리고 하나는 재판 결과에서 안토니오 님이 가지게 된 재산 전부를 로렌조 씨 내외에게 양도하신다는 증서입니다. 보수를 받지 않고 드립니다."

이번에는 로렌조 내외가 안토니오와 네리샤에게 감사 인사를 했다.

"이건 모세가 굶주린 무리를 이끌고 시나이 사막을 지나다가 신이 내려주신 음식 '만나'를 얻은 기분입니다. 고맙습니다."

로렌조는 네리샤에게 양도 증서를 받아 지녔다.

바사니오가 말했다.

"어쨌든 기쁜 소식이 한꺼번에 열렸습니다. 이건 우리 모두의 행운입니다. 모두 큰 소리로 한바탕 웃고 축배를 듭시다. 하하 하하하하……!"

바사니오를 따라 모두 파안대소를 했다. 행복이 주렁주렁 열리는 웃음이었다. 곧이어 음식이 나오고 축배를 들었다.

“그런데 아내의 반지를 간수할 일이 큰일이군.”

그라시아노가 말했다.

“나도 그래. 다시는 떨어져 나가지 않게 아주 손가락에다 붙여야겠어. 하하하!”

바사니오가 맞장구를 쳤다. 무척 행복한 까닭에 나누어 보는 우스갯소리였다.

밖에는 달빛이 두텁게 내리고 있었다.

● **이해 능력 Level Up!**

1. 『베니스의 상인』을 지은이는 누구일까요?

    1) 마크 트웨인   2) 윌리엄 셰익스피어

    3) 오스카 와일드   4) 빅토르 위고   5) 샬롯 브론테

2. 이야기가 펼쳐지는 곳으로 맞게 짝지어진 것을 골라 보세요.

    1) 미국-뉴욕   2) 영국-런던   3) 폴란드-바르샤바

    4) 이탈리아-베니스 5) 프랑스-파리

3. 『베니스의 상인』에 등장하는 악명 높은 고리대금업자는 누구일까요?

    1) 바사니오   2) 안토니오   3) 샤일록

    4) 네리샤   5) 론슬롯

4. 다음은 샤일록을 묘사한 내용입니다. 글을 읽고, 그와 다른 것을 모두 골라 보세요.

> 이곳 베니스에는 샤일록이라는 악명 높은 고리대금업자가 살았다. 그는 돈에 인색하고, 인정머리 없는 수전노였다. 샤일록은 보통 때에도 터무니없이 비싼 이자로 돈을 꾸어 주지만, 사정이 급한 사람에게는 이자를 더 받았다.

1) 불우한 이웃을 위해 돈을 잘 쓰는 사람이다.

2) 인정머리 없는 수전노이다.

3) 돈이 필요한 사람에게 싼 이자를 준다.

4) 돈이 급한 사람에게는 이자를 더 받는다.

5) 고리대금업을 하는 사람이다.

5. 다음에서 샤일록이 싫어하는 사람을 골라 보세요.

   1) 안토니오   2) 포샤   3) 벨라리오

   4) 스테파노   5) 바사니오

6. 다음 글을 읽고, 바사니오가 안토니오를 찾아온 이유를 골라 보
   세요.

> 바사니오는 벨몬트에 산다는 포샤라는 아가씨 이야기를 늘어놓았다.
> －중략－ 그러면서, 청혼을 하러 가고 싶지만 귀족 옷차림이며 몸치장과 예
> 물 값으로 엄청난 돈이 든다는 것이었다.
> "내가 안토니오 자네한테 진 빚도 많은 터에, 염치 없네만 그 돈을 좀 마련
> 해 줄 수 있겠나?"

1) 안토니오의 배가 침몰했다는 소식을 듣고

2) 포샤와 결혼하게 되었다는 것을 자랑하려고

3) 포샤에게 청혼하러 가기 위해 돈을 빌리려고

4) 샤일록에게 돈을 빌리러 같이 가기 위해서

5) 벨몬트에 가기 전에 인사를 하려고

7. 샤일록이 안토니오를 싫어하는 가장 큰 이유를 골라 보세요.

　1) 샤일록의 건강을 걱정해 주어서
　2) 안토니오가 사람들에게 이자를 받지 않고 돈을 빌려 주어서
　　자신의 돈놀이에 걸림돌이 되기 때문에
　3) 마주칠 때마다 인사를 하지 않아서
　4) 서로 종교가 달랐기 때문에
　5) 안토니오가 샤일록보다 잘생겨서

8. 샤일록은 보증인인 안토니오에게 차용 증서를 써 주었습니다. 다
　음에서 차용 증서의 내용과 맞는 글을 찾아보세요.

　1) 제날짜에 돈을 갚지 않아도 된다.
　2) 빌린 돈의 이자를 두 배로 갚아야 한다.
　3) 제날짜에 돈을 갚지 않으면 보증인 살을 1파운드 베어 낸다.
　4) 보증인은 바사니오 대신 돈을 갚을 필요가 없다.
　5) 바사니오가 돈을 갚지 않으면 안토니오는 원금만 갚는다.

9. 다음 글은 포샤에게 청혼하고 상자를 고른 사람이 성당에서 해야
　할 서약입니다. 포샤의 아버지는 왜 이런 가혹한 조건을 달아 딸
　의 신랑감을 골랐을까요?

첫째, 상자 고르기에 대해서는 모두 비밀로 하여 남에게 이야기하지 않는다.
둘째, 상자 고르기에 실패할 경우, 평생토록 다른 여자와 결혼하지 않는다.
셋째, 상자 고르기에 실패한 사람은 그 즉시 벨몬트를 떠난다.

1) 물건에 욕심이 있나 없나 알아보려고

2) 참마음으로 포샤를 사랑하는 사람을 고르려고

3) 물건을 제대로 고르는 능력이 있는지 보려고

4) 포샤의 아버지가 게임을 좋아했기 때문에

5) 성당에 다니는 사람을 신랑감으로 고르려고

10. 샤일록의 집에서 고된 일만 하고 굶주림에 시달리던 사람은

　　누구일까요?

　　1) 론슬롯　　　　2) 제시카　　　3) 그라시아노
　　4) 로렌조　　　　5) 솔레이니오

11. 제시카가 아버지인 샤일록에게 다음과 같이 말한 이유는 무엇일

　　까요?

1) 로렌조와 다른 도시로 달아날 생각이어서

2) 제시카는 인사성이 바르기 때문에

3) 샤일록과 냉전 중이어서

4) 제시카가 아버지 몰래 새로운 사업을 시작해서

5) 아버지가 자신을 싫어하는 것을 알고 집을 떠나려고

12. 바사니오는 벨몬트로 떠나는 배를 탔습니다. 그때 샤일록이 나
    타나 다음과 같이 이야기를 합니다. 여기서 밑줄 친 사람은 누구
    를 가리키는 것일까요?

> "그 두 도둑이 틀림없이 이 배에 탔을 겁니다. 저 사람들은 그 재봉사와 같
> 은 패거리이기 때문에 믿을 수가 없습니다. 제가 군사를 몇 사람 데리고 배에
> 들어가서 샅샅이 뒤져 볼 수 있게 해 주십시오."

    1) 제시카와 로렌조   2) 바사니오와 안토니오 3) 포샤와 네리샤
    4) 론슬롯과 스테파노 5) 그라시아노와 론슬롯

13. 포샤가 샤일록의 소송을 해결하는 데 도움을 받은 사람은 누구
    일까요?

    1) 베니스   2) 벨몬트   3) 베르길리우스
    4) 베르디   5) 벨라리오

14. 다음 글은 베니스로 떠나기 전 포샤가 네리샤에게 한 말입니다.
    글을 읽고, 두 사람이 변장한 것으로 맞게 짝지어진 것을 골라 보
    세요.

> "우리는 베니스의 법정으로 직행하는 거요. 그리고
> 나는 판사, 네리샤 부인은 판사의 서기가 되는 겁니다.
> 나는 재판을 하고 네리샤 부인은 기록을 하는 거지요.
> 멋지게 판결을 해서 법정에 모인 사람들을 놀라게 해
> 보자고요."

1) 포샤-판사, 네리샤-서기

2) 포샤-변호사, 네리샤-판사

3) 포샤-배심원, 네리샤-검사

4) 포샤-검사, 네리샤-서기

5) 포샤-판사, 네리샤-증인

● **논리 능력 Level Up!**

1. 다음 글을 읽고, 샤일록이 안토니오의 살 1파운드를 베려는 이유
   를 말해 보세요.

> "공작께서는 왜 3,000다카트의 돈을 받으려 하지 않고 썩어 버릴 살점 1파
> 운드를 받으려 하는가 의심하실 겁니다만, 그것은 그냥 저의 기분이라고 생
> 각하십시오. 그 이유는 내가 오랫동안 품어 온 안토니오에 대한 증오 때문입
> 니다. 다른 이유를 댈 수도 없고 대고 싶지도 않습니다."

2. 안토니오는 바사니오가 돈을 빌려 달라고 하자 난처한 표정을 짓
   습니다. 친한 친구가 어렵게 한 부탁에 안토니오는 왜 그런 행동
   을 보였을까요?

3. 벨몬트로 돌아온 네리샤와 그라시아노는 만나자마자 언쟁을 높이며 말다툼을 합니다. 이들이 말다툼을 하게 된 이유는 무엇 때문인가요?

> "당신은 어째서 그 반지의 값과 새겨 놓은 글만 얘기하세요? 나에게 그 반지를 받았을 때 당신은 맹세했어요. 죽을 때까지 끼고 있겠다고 말이에요. 무덤 속까지 끼고 가겠다고도 했어요. 당신의 그 열렬했던 맹세를 위해서라도 반지를 소중히 간직했어야 하지 않아요?"

4. 포샤와 네리샤는 베니스에서 일을 마친 뒤 급히 벨몬트로 돌아옵니다. 그들이 서둘러 집으로 돌아온 이유는 무엇인지 써 보세요.

5. 안토니오와 바사니오, 그 밖의 다른 친구들의 모습을 통해 배울

수 있는 교훈은 무엇인가요?

6. 다음은 로렌조 내외에게 전하는 기쁜 소식입니다. 이 글에서 샤
   일록의 재산을 양도받는 사람은 누구와 누구인지 말해 보세요.

● **논술 능력 Level Up!**

1. 안토니오는 바사니오가 기한 안에 돈을 갚지 못할 경우 자신이 대
   신 돈을 갚겠다고 약속을 하지요. 만약 나라면 돈을 갚을 능력도
   없으면서 악명 높은 고리대금업자에게 큰돈을 빌리는 친구를 위해
   보증을 설 수 있을까요? 자신의 생각을 말해 보세요.

2. 아래 글은 모로코 왕이 청혼을 하러 오자 포샤가 깜짝 놀라는 부분
   입니다. 포샤는 모로코 왕이 흑인이기 때문에 그와 결혼하게 된다
   면 한평생 아버지를 원망하겠다고 합니다. 포샤의 행동에 대해 어
   떻게 생각하는지, 인종 차별 문제와 연관지어서 말해 보세요.

> "얼굴이 검다면 아무리 성격이 원만해도
> 결혼을 할 수 없지. 그런데 그 사람이
> 초상화가 든 상자를 고르면 어떡하지?
> 자칫 흑인의 아내가 될 수도 있겠네.
> 이를 어째? 그렇다면 나는 한평생
> 아버지를 원망하게 될 텐데……."
> 포샤는 그만 두 손으로 얼굴을 가리며 울음을 터뜨리고 말았다.

 풀이

이해 능력 Level Up!

1. 2)　　2. 4)　　3. 3)

4. 1), 3)　　5. 1)　　6. 3)

7. 2)　　8. 3)　　9. 2)

10. 1)　　11. 1)　　12. 1)

13. 5)　　14. 1)

논리 능력 Level Up!

1. 안토니오에 대한 증오 때문

2. 자신이 가지고 있는 네 척의 상선에 물건을 실어 보낸 터라 지금은 가진 돈이 없었기 때문에

3. 절대로 손가락에서 빼지 않겠다고 맹세한 반지를 빼어 다른 사람에게 주어서

4. 남편 몰래 한 일을 감추려고 남편이 돌아오기 전에 돌아온 것이다.

5. 우정의 소중함

6. 로렌조 내외(로렌조와 제시카)

논술 능력 Level Up!

1. 예시 : 나라면 아무리 친한 친구라도 그렇게 큰돈에 선뜻 보증을 서
   지는 못할 것이다. 더구나 친구가 가진 것이 하나도 없다면 더더욱
   할 수 없는 일이다. 당장은 인정에 이끌려 보증을 서 준다고 해도
   결국 시간이 지나면 내가 갚아야 할 빚이기 때문이다. 의리 없다고
   당장은 욕을 할지 모르지만, 서로가 파멸을 하는 것보다는 친구를
   설득해서 자신의 능력에 맞는 한도 내에서 돈을 쓰도록 하겠다.

2. 예시 : 포샤는 겉모습만 보고 사람을 판단한 것이다. 사람의 피부색
   은 그 사람의 인격이나 됨됨이와는 아무 상관도 없다. 그러므로 사
   람을 판단하는 데 영향을 끼쳐서는 안 된다. 세상에는 여러 인종이
   살고 있고, 그들은 그들 나름의 삶의 방식에 따라 살아가고 있다.
   우리는 개인의 인격을 존중해야 한다. 생명은 모두 평등하다.

초등학생이 꼭 읽어야 할 세계 명작 시리즈